AF469715

LA PAYSANNE PARVENUE, OU LES MEMOIRES DE Madame la Marquise de L. V.

Par M. LE CHEVALIER DE M.

TROISIE'ME PARTIE.

A LA HAYE,
Chez JEAN NEAULME.

M. DCC. XXXVIII.

LA PAYSANNE PARVENUE.

TROISIE'ME PARTIE.

JE n'oublierai jamais les traits que vous venez de me donner de votre ſageſſe, continua Madame de G... je réſerve à un tems plus tranquille à vous en marquer ma joye; je vous exhorte en attendant, ma chere fille (car vous me devenez de plus en plus chere) à ne vous jamais écarter d'un ſi beau chemin.

Pendant que mon oreille attentive à votre vive converſation goûtoit avec joie un entretien où malgré l'amour je voyois triompher la vertu, mes yeux fixez vers le Parc ont été frappez de pluſieurs mouvemens qui s'y faiſoient : étonnée au poſſible d'y voir aller & venir d'autres gens que les miens, je me ſuis levée avec émotion, & je me ſuis miſe à la fenêtre en prenant la précaution de me cacher derriere un rideau ; jugez de ma ſurpriſe, ma chere Jeannette, de voir paſſer dans le bois cinq ou ſix hommes à cheval, parmi leſquels j'ai reconnu une Livrée qui m'a rappellé un nom qui vous fera frémir : un de mes Gardes marchoit à leur tête, & il leur a ouvert la porte de l'Orangerie ; il s'eſt entretenu quelques momens avec un homme dont l'habit étoit bordé : je tremble en vous diſant que je ne doute pas que ce ne ſoit le Chevalier d'Elbieux; ce malheureux ſans doute vous a fait épier; ſa paſſion brutale & criminelle lui aura fait imaginer quelque coupable projet... Ah! Madame; m'écriai-je en frémiſſant, je ſuis perdue ſi vous n'avez pitié de moi! vos conjectures ne ſont que trop juſtes: ce diſcours me rappelle une choſe qui m'a donné toute l'inquiétude poſſible : j'ai eu bien de la peine à l'éloigner de mon imagination; la nuit paſſée, Madame, continuai-je avec un ton que la frayeur rendoit entrecoupé ; j'ai entendu du bruit à ma porte, j'ai réveillé Iſabelle votre Femme de chambre, obligée de parler aſſez haut pour y parvenir. Pendant ce tems, une voix qui ne m'eſt pas inconnue s'eſt écriée: Retirons-nous; la crainte m'a fait jetter entre les bras d'Iſabelle, mais elle s'eſt moquée de ma peur, en me diſant que c'étoit quelques Domeſtiques qui alloient ſe coucher, & qui pendant que les Maîtres dormoient avoient été au cabaret ; que m'ayant entendu parler, ils avoient craint qu'on ne les fît gronder. Malgré tout ce que cette fille pût me dire, je ne laiſſai pas que de conſerver ma frayeur, le ſon de cette voix étant toujours preſent à mon eſprit. Il ſe pourroit fort bien, reprit Madame de G... qui m'écoutoit avec attention, qu'on ait eu deſſein dès la nuit precedente de vous enlever, mais le monde qu'il y avoit à ſouper, & qui ne s'eſt retiré que fort tard, aura peut-être fait remettre cette partie : la choſe eſt extrêmement embarraſſante, & je ne ſçai comment nous parerons ce coup ; le Marquis eſt bien encore ici, je ſçai qu'il eſt plus que ſuffiſant pour empécher ces desseins violens ; il y est si interessé que l'on ne doit pas douter de son secours, je crois même qu'il est à propos de lui faire part de nos inquiétudes..... Mon Dieu, Madame, m'écriai-je, attendez, il faut bien se donner de garde qu'il sçache que le Chevalier d'Elbieux est ici, s'il y est effectivement ; rappellez-vous, s'il vous plaît, ce qui s'est déja passé entre ces deux rivaux, & le fier ressentiment qui les anime l'un contre l'autre... Ah ! Ciel, que vous ai-je fait pour me rendre si malheureuse ! En faisant cette exclamation, je me mis à pleurer amerement : mais, continuai-je au désespoir de tous les maux que je prévoyois qui alloient arriver, ne vaudroit-il pas bien mieux que je m'échappasse pendant qu'il fait encore jour ? Eh mon Dieu, où iriez-vous, ma chere enfant, interrompit Madame de G?.. Dailleurs vous imaginez-vous qu'on n'épie pas ici tout ce qui s'y passe? cependant je serois assez de votre avis, il n'y a même que cet expedient pour empêcher les attentats qu'on médite; il n'y a pas lieu d'esperer du secours du Hameau : outre qu'il est petit, aucun Paysan n'est capable de faire face au moindre des gens que j'ai vû. Il me vient bien dans l'esprit un azile prochain, où vous seriez reçûe à bras ouverts, mais outre les espions du Chevalier d'Elbieux, je crains encore le Marquis lui-même, il ne nous laissera point libre de remplir notre dessein; l'état où vous l'avez laissé ne l'a point satisfait, il voudra vous revoir & vous parler; un Amant n'a jamais tout dit; pour surcroit d'inquiétude, M. Gripart, mon mari, votre pere, vos parens, tout nous atrend. N'importe, Madame, n'importe, interrompis-je, apprenez-moi seulement l'endroit où vous dites que je ferois à l'abri de mes persécuteurs ; il faut tout risquer pour m'y rendre. Dans un Couvent à deux lieuës d'ici, reprit Madame de G... l'Abbesse est fort mon amie, elle me doit même sa fortune. Helas ! Madame, m'écriai-je en lui baisant les mains, donnez-moi quelqu'un qui m'y conduise ; ne perdons pas de tems, je tremble. Si vous alliez trouver Monsieur de G... & que vous lui fissiez confidence de toutes ces choses, je paroîtrois en attendant devant la compagnie, & je tâcherois de me contraindre; ensuite lorsque vous seriez convenus de la maniere dont je m'échapperois, au moindre coup d'oeil je sortirois de la chambre, où je feindrois un mal de tête ; l'on n'aura pas de peine à me croire, attendu la foibleſſe qui m'a priſe tantôt; l'on me croira dans ma chambre, & tout le monde ſera tranquille; du reſte je monte aiſément à cheval, j'y ai été élevée; ſi l'on en pouvoit tenir un au bout du Village, je trouverois bien les moyens d'aller joindre la perſonne que vous auriez choiſi pour me conduire. Ah! Jeannette, Jeannette, s'écria Madame de G... en m'embraſſant, que la vertu a d'eſprit, ce deſſein eſt on ne peut pas mieux conçû, & j'eſpere qu'il réuſſira; allez, vous ſerez toujours ma fille, votre vertu me touche & m'attendrit. Oui, Madame, continuai-je en pleurant, je mériterai ce précieux nom en ſacrifiant ma vie s'il le faut pour conſerver ma ſageſſe; mais helas! je vais vous perdre, ajoutai-je en redoublant mes larmes. Non, Jeannette, non, interrompit Madame de G... je ſerai toujours votre tendre mere, je vous irai voir, & dès que nous ſerons tranquilles je vous ramenerai; ceſſez donc vos pleurs, & ne perdons pas en vain un tems précieux.

Madame de G... m'embraſſoit, & nous allions nous quitter, lorſque la porte s'ouvrit bruſquement; c'étoit le Marquis: il la referma ſur lui en nous regardant avec des yeux égarez. J'ai tout entendu, Madame, s'écria-t-il, en s'adreſſant à Madame de G... on veut m'enlever Jeannette, mais il faut avant ce moment m'ôter la vie; que vous ai-je fait, helas! pour me porter de tels coups? Eh mon Dieu! n'aura-t-on pas pitié de l'état horrible où je ſuis réduit? En diſant ces mots, il ſe jetta aux pieds de ma protectrice, & me tendit la main, en nous aſſurant l'une & l'autre, que quelque chose qui arrivât, je ne lui serois point enlevée, qu'il falloit lui en engager notre parole, ou qu'il alloit verser sur le champ tout son sang à nos yeux.

La crainte de voir périr mon Amant, le danger qu'il couroit en rencontrant le Chevalier d'Elbieux qui pouvoit à chaque instant nous surprendre & ouvrir la plus tragique scene, me donna une fermeté, & me fit prendre un ton bien different de mon cœur & de ma façon ordinaire. Monsieur, lui dis-je, en le regardant avec un air assuré & mêlé d'une feinte colere, je vous prie de vous lever, & s'il est vrai que vous m'aimiez.... Si je vous aime, ingrate, interrompit ce triste Amant! est-ce d'aujourd'hui? que vous en devez être persuadée? ce que vous m'avez fait souffrir.... Je vous demande en grace, continuai-je sur le même ton, de m'écouter, de ne point m'interrompre; & puiſqu'il eſt vrai que je puis compter ſur votre cœur de ſuivre de point en point tout ce que je vous dirai, je recevrai cette marque d'attention comme une preuve des ſentimens que vous avez pour moi; ſans cela, Monſieur, ne comptez jamais ſur les miens; rappellez votre raiſon; l'amour ſans elle entraîne des égaremens. Je ne ſerois pas digne de l'attachement que vous me marquez, & des vûes que vous ſemblez avoir pour moi, ſi je me laiſſois aveugler aux mouvemens de votre paſſion; tôt ou tard vous ſeriez le premier à me faire repentir de mes foibleſſes: vos deſſeins expliquez devant Madame, ne me laiſſent aucun lieu de douter de votre eſtime, je ſens comme je le dois cet honneur; mais plus vous vous abbaiſſez en ſongeant à moi, &

plus je dois m'élever à vous par la pureté de mes ſentimens : ce n'eſt plus Jeannette, cette Payſanne qui vous parle, c'eſt une fille que les bontez dont Madame l'a honorée, inſpire, met au-deſſus de ſa naiſſance, qui veut ſe conſerver pour vous par des moyens que vous approuverez un jour, & qui vous ſacrifie par un déſintereſſement peu ordinaire, une fortune preſente pour une incertaine ; car qui peut aſſurer que vous penſiez toujours de même pour une fille qui ne peut ſe rendre recommandable que par une vertu au-deſſus de la baſſeſſe de ſa naiſſance. Je ſuis engagée à M. Gripart, je dois l'épouſer demain, je n'ai que la voye d'un Couvent dans lequel je vais me retirer pour parer le coup qui vous paroît ſi effroyable, & pour vous prouver combien vous m'êtes cher. Voulez-vous donc par une résistance hors d'œuvre, rendre certaine une union qui vous ôte pour jamais l'esperance de me voir ? Le prétexte du Cloître est honnête, & par la déclaration que je ferai que j'y suis appellée depuis longtems, je retirerai avec honneur les paroles données: seriez-vous assez injuste pour troubler un dessein formé pour vous seul? voilà, Monsieur, tout ce que j'avois à vous dire, je ne vous en parlerai pas davantage; mais je vous annonce, continuai-je avec un ton absolu, que si vous ne vous rendez pas à ces justes raisons, & que dans le même instant vous ne vous retiriez pas, je vous repete que j'épouserai M. Gripart, & que je ne vous verrai jamais.

En prononçant ces derniers mots, je tournai la tête; mes larmes auroient trahi ma fermeté. Le Marquis étonné se leva, me prit la main, la baiſa en l'arroſant de ſes pleurs. Qu'un homme pour lequel on a de la foibleſſe eſt dangereux dans cette ſituation! une fille bien née ne doit jamais s'y expoſer, & je fus bienheureuſe d'avoir un tiers auſſi reſpectable que Madame de G... ſans quoi mon cœur auroit peut-être bien-tôt démenti tout ce que ma vertu venoit de prononcer. Dans de pareilles occaſions la fuite eſt notre victoire : je me retirai bruſquement dans un cabinet dont je tirai la porte ſur moi. Madame de G... acheva de conſoler le Marquis, elle lui promit de lui donner de mes nouvelles, & elle uſa de tant de complaiſance envers lui, qu'il ſortit avec un air moins affligé, après avoir dit les choſes les plus touchantes en ma faveur. Mon cœur y avoit ptêté l'oreille, & il partagea ſes tranſports.

Amour, ſi tu cauſes quelques douceurs, que les maux que tu procures ſont ſenſibles. Dès que mon Amant fut parti, ma fermeté m'abandonna : je me repreſentai juſqu'au moindre des diſcours qui m'avoient été tenus; autant que l'on m'a vû prendre ſur moi, autant va-t-on me découvrir de foibleſſes : il n'eut tenu qu'à moi de les enſevelir dans l'oubli ; je ne craindrois pas que l'on démentît le portrait que je ferai du dedans de mon cœur; je m'étois reſervée juſqu'à ce jour cette connoiſſance, mais en achevant ces Memoires j'ai promis de la ſincerité, & je veux tenir parole ; je crois même utile aux jeunes perſonnes de mon ſexe pour qui j'écris l'hiſtoire de ma vie, de leur faire connoître les moyens dont j'ai été aſſez heureuſe de me ſervir pour prévenir les ſuites de la vivacité du temperament, écueil où elles échouënt tous les jours, & qui pour être évité demande non-seulement de bons guides affermis dans la pratique de la sagesse, mais encore de füir toutes les occasions qui peuvent donner lieu à la susceptible réminiscence. Pardon de l'interruption; si elle ennuye, on fera fort bien de la passer, le Livre en sera plutôt lû.

Dès que Madame de G... fut débarassée du Marquis, elle alla trouver M. son époux : il fut ému des nouvelles qu'elle lui apprit, & comprit comme elle la nécessité de mon éloignement; il donna un homme de confiance qu'il prévint, & qui me conduisit le même soir, sans que personne s'en apperçût, aux Dames de S. N. où je fus reçûë avec beaucoup de bonté.

J'étois si accablée de tout ce

que j'essuyois depuis si long-tems, qu'il ne me fut pas possible de souper. Je demandai la liberté de me coucher; l'on me conduisit dans une petite chambre assez propre, où dès que je fus seule, je me mis au lit, & m'abandonnai à la douleur. Je fus les deux tiers de la nuit dans la situation la plus violente: le Marquis étoit si avant dans mon esprit, que je le voyois present, & il me sembloit qu'il se plaignoit encore à mes genoux: je le consolois; helas! que je lui tenois un langage different de celui dont il a été parlé! qu'il eut été heureux s'il l'eut entendu! je me reprochois de ne lui avoir pas donné de plus tendres marques de mon amour. Ceux qui ont aimé ou qui aiment se mettront aisément à ma place, & conviendront que cette nuit devoit m'être bien cruelle. Mon accablement fit place à un repos inquiet & terrible ; les ſituations preſentes revinrent à ce ſommeil agité ; je ne rêvai qu'aux choſes les plus déſagreables, je vis des enlevemens & des combats ; le Marquis tombe ſous les coups du terrible Chevalier d'Elbieux ; il rend les derniers ſoupirs en m'aſſurant de toute ſa tendreſſe. O Ciel ! je deviens la proye du Vainqueur : ce ſonge me parut ſi réel que je me réveillai en ſurſaut, en jettant un grand cri.

Le ſoleil étoit déja ſur l'horiſon, & éclairoit ma celulle ; je jettai triſtement les yeux ſur les objets qui m'environnoient : un grand Crucifix de bois, au bas duquel étoit une tête de mort me fit treſſaillir ; je me mis à pleurer. Lorſque le cœur ſouffre, la moindre choſe l'émeut ; le ſentiment de la Religion m'effraya ; je crus que ce Dieu que je voyois en Croix mourant pour mon ſalût, me reprochoit alors mes foiblesses. Helas ! que pouvois-je lui adresser que des larmes ; elles furent abondantes. Je me jettai au pied de la Croix, j'invoquai Dieu, & je trouvai du soulagement à mes peines ; il me sembloit qu'il me parloit, & qu'il me portoit à la patience, dont il se montroit un si parfait exemple. En jettant les yeux dans le fond de ma chambre, un tableau de l'enfer, où mille demons tourmentant les ames étoient peints, me saisit d'une secrete horreur ; je détournai mes regards à cet affreux aspect. Helas ! disois-je, je serai un jour en proye à ces ennemis du genre humain, si je continuë à livrer mon cœur à sa tendresse. Toutes les exhortations du Curé de notre hameau me revinrent alors dans l'esprit ; je priai Dieu qu'il me fît misericorde. La nature se lasse, & ne peut resister perpetuellement aux assauts qui la combattent ; je me sentis foible, je fus me remettre dans mon lit, & je mis la couverture sur ma tête ; je frissonnois, & l'idée de mon Amant avoit beau vouloir reprendre son empire, je la chassois de toutes mes puissances, & je me fortifiois de la vuë du Crucifix, comme d'un antidote salutaire à ce poison seducteur. Une partie de la matinée se passa dans ces agitations, lorsqu'enfin on vint ouvrir la porte de ma chambre : *Ave*, me dit une vieille Religieuse en entrant, comment avez vous passé la nuit, ma chere Demoiselle, vous n'êtes pas encore levée ? Madame de G... est au Parloir de notre Superieure qui vous demande. Ah ! mon Dieu, m'écriai-je avec un transport que cette douce nouvelle fit naître, depuis quand est-elle arrivée ?

Comment ſe porte-t-elle ? Qu'a-t-elle dit ? Je faiſois cent queſtions à la fois. Habillez-vous, reprit la bonne Religieuſe, ſans y répondre ; vous ſçaurez tout cela, on vous attend ; mais ſurtout ne ſortez pas de votre chambre que vous n'ayez fait votre priere ; le premier des devors de la journée, eſt de donner ſon cœur à Dieu ; l'on viendra vous chercher dans un quart d'heure. En diſant ces mots elle ſortit en continuant devotement ſon Chapelet. Je me jettai à bas du lit avec précipitation, & je m'habillai en priant Dieu, tant je craignois de perdre du tems ; je m'attendois à avoir des nouvelles du Marquis. La moindre choſe altere une devotion fondée ſur l'égarement d'une paſſion, malgré les craintes de l'enfer. L'arrivée de Madame de G... avoit rendu au Marquis la pla-

ce qu'il occupoit dans mon cœur. Mais, mon Dieu, disois-je avec un air de confiance, je vous aime de toute mon ame, ne puis-je pas aussi aimer un peu un homme qui a pour moi des desseins legitimes ? Il me sembloit que je n'étois plus si coupable ; mon cœur arrangeoit toutes ces choses selon ses interêts, lorsqu'une autre Religieuse dont la physionomie charmante & la beauté prévenoient, entra dans ma chambre, & me dit avec un petit air doux & gracieux qu'elle venoit me chercher. Eh, mon Dieu, s'écria-t-elle en soupirant, vous avez pleuré : que vous me faites de compassion ; je gage que le Couvent ne vous fait pas plaisir. Helas ! vous n'êtes pas la seule : Je la regardai fixement ; je trouvois une consolation dans ce discours, mais elle baissa les yeux, & parut fâchée de ce qu'elle venoit

noit de dire ſi naturellement. Il y a des perſonnes pour leſquelles nous ſentons tout d'un coup de l'inclination ; cette belle Religieuſe ſe trouva de ce nombre ; je l'embraſſai de tout mon cœur, & nous deſcendîmes.

Lorſque je fus dans le Parloir de Madame la Superieure, je courus, ſans ſonger à autre choſe, me jetter aux genoux de Madame de G... qui étoit à la grille : Bon jour, ma chere fille, me dit cette aimable Dame ; mais ſaluez votre reſpectable Superieure, elle eſt bonne, je lui ai parlé pour vous, elle veut bien ſe charger de votre éducation, vous ſerez ici on ne peut pas mieux. Je me tournai interdite de ce diſcours qui ne me preſageoit rien de bon, vers la Religieuſe, & je lui baiſai la main : elle m'embraſſa, en me diſant de ne pas pleurer (car les larmes m'étoient venuës aux yeux.) Elle n'a jamais été en Religion, à ce que je vois, s'écria-t-elle; elle s'effraye, mais nous l'y accoutumerons. Pardonnez-moi, Madame, interrompis-je avec vivacité, pensant que cette Religieuse imaginoit que je n'avois point de Religion; j'aime Dieu de tout mon cœur, continuai-je. Je n'en doute pas, répondit la Religieuse avec une toux qui dura un demi quart d'heure; je vous crois très-pieuse & très-sage, votre réponse me le persuade : elle est très-bonne enfant, ajoûta ma Protectrice; l'air du Couvent donne un peu de chagrin lorsque l'on n'y a jamais été, mais il y a des occasions où il faut de la raison & de la patience; nous en parlerons une autre fois. En prononçant ces mots elle me donna un coup d'œil, que je compris, & qui sembloit vouloir me dire, attendez que nous ſoyons ſeules, je vous expliquerai bien des choſes.

Madame la Superieure ſe trouvant débarraſſée de ſa toux, par force guimauve & jus de regliſſe, dont elle humecta ſa poitrine oberée, reprit la parole, & entretint confidemment Madame de G... qui étoit ſon amie de longue main, de toutes les tracaſſeries de ſon Couvent; entra dans le détail des differentes opinions qui s'y gliſſoient & des brigues qu'elles occaſionnoient. Sçavez-vous bien, lui diſoit-elle avec véhemence, & ſans ſonger à ſa poitrine ſiflante, que M. le Directeur, notre cher Pere, qui toute la vie a été de mes amis, eſt très-froid avec moi depuis quelque tems? Surpriſe au delà de tout ce que je puis vous exprimer, la premiere fois qu'il parut tel à mes yeux, je chargeai la Mere Gertrude, en qui j'ai une confiance entiere, de démêler quel en pouvoit être le sujet. Qui l'eût crû, ma chere Madame, j'ai appris qu'il voyoit très-souvent la Mere Sainte-Elizabeth, qui dans le monde de même qu'ici, comme vous le sçavez, ne m'a jamais aimée; jugez à present d'où le coup part? Cependant le Seigneur sçait que je lui avois fait un sacrifice du peu d'inclination que je me sentois pour cette fille; je pouvois lui en donner des marques dans la place que j'occupe; & qu'ai-je fait, continua la Superieure qui s'échauffoit de plus en plus, & qui frappa de ses mains seches le rebord de la grille? je l'ai élevée à toutes les charges de la Maison, & jusqu'à celle de Dépositaire; jugez, Dépositaire! Officiere la plus considerable de la Maison, & qui peut dans un cas le disputer à l'Abbesse. C'est un serpent que j'ai nourri dans mon sein. Ce mot fut articulé nettement, la passion le prononça, & la charité fut bien-tôt oubliée ; à chaque invective, j'en demande pardon à Dieu, mais c'est un serpent que je nourris, à chaque phrase c'étoit le refrein. M'avoir fait perdre l'amitié de notre Directeur, d'un Pere, & quel Pere ! celui qui nous délie, qui nous purifie, qui nous met dans le Ciel ! En sentez-vous bien la précieuse conséquence ? Ah ! Madame, je ne m'en consolerai jamais.

Cette conversation qui m'ennuyoit beaucoup par la vive impatience que j'avois de me trouver seule avec Madame de G... fut heureusement interrompuë par l'arrivée d'une Religieuse, dont le voile étoit baissé ; elle s'inclina jusqu'à terre en entrant,

& vint baiser les mains à la Superieure, qui lui serra pieusement la tête : Vous pouvez vous découvrir le visage, lui dit cette bonne Dame, il n'y a point d'homme ici ; que me voulez-vous, chere Mere, continua l'Abbesse ? la Religieuse s'approcha de son oreille & lui parla. Cette None crut apparemment que nous étions sourdes, & elle le dit si haut, que je ne perdis pas une syllabe de son secret. Voilà qui est bien, reprit la Superieure, je vais descendre, attendez-moi sur l'escalier. Eh bien, s'écria la Superieure en portant la parole à Madame de G... vous attendriez-vous à ce que je vais vous dire ? une autre brigue se fait, on m'en avertit : trois de nos Meres sont au Parloir de la Trinité, le Directeur y est, l'on complotte contre moi; l'on m'a menagé un endroit par lequel je vais entendre tout ce qui ſe dira ; il n'y a que ma toux perpetuelle qui m'inquiéte, mais le bon Jeſus me ſoutiendra ; je vous ferai part de tout : Adieu, chut, au moins, vous en ſentez les conſéquences. La Superieure ſe retira en diſant ces mots ; elle me donna en paſſant un petit ſouflet, & elle ſortit en gromelant entre ſes dents.

Approchez, Jeannette, me dit Madame de G... dès que nous fumes ſeules ; profitons du tems que nous laiſſe cette bonne Religieuſe, à qui je veux cacher toutes les choſes que j'ai à vous dire ; nous ſerions perduës ſi l'on vous ſçavoit la cauſe de tout ce qui s'eſt paſſé cette nuit : il faut de la fermeté, ma chere enfant, je n'ai pas de nouvelles gracieuſes à vous apprendre, il s'en faut beaucoup. Elle ſe tût dans cet endroit, comme pour ſe recueillir en elle-même. Ce triſte préliminaire me ſerra le cœur, & à peine eûs-je la force d'entendre le recit de la nouvelle cataſtrophe qu'elle me conta en ces termes.

A peine avez-vous été ſortie de la maiſon, continua Madame de G... que Monſieur Gripart eſt venu me chercher avec précipitation. Que viens-je d'apprendre ? Madame, m'a-t-il dit, je jouë vraiment ici un fort joli rôle ; & ſans le hazard qui vient de me faire part d'une converſation entre deux Valets dans le Parc, qui ne me croyoient pas ſi près d'eux, je n'étois pas mal la dupe de l'avanture : j'allois épouſer une fort jolie fille. Qui eût crû à ſon air ſimple & naïf qu'elle épousât un mari, & ſe conſervât un Amant ? Je m'étois fait un plaiſir de la rendre heureuſe ; mais ſerviteur très-humble, je m'en console aisément; & si quelque chose m'afflige en tout ceci, c'est qu'étant, Madame, autant de vos amis que je le suis, vous m'ayez laissé, pour ainsi dire, faire une pareille sottise, n'étant pas possible que vous n'ayez eu quelque vent de la conduite de cette petite Païsanne. Si on a crû me passer la plume par le bec, on s'est bien trompé; je veux bien que l'on sçache que jamais les Gripart n'ont été attrapés, & je prétends plus, c'est qu'ils ne le seront jamais; s'il me prend envie quelque jour de faire la folie de me marier, je reponds d'avance de mon choix.

Je m'interromps un moment à cet endroit; il n'est pas juste que je laisse les Heros de mon Histoire sans qu'on sçache leur destinée. La prediction de celui-ci a été fausse; il a épousé quelques années après Mademoiselle Fanchon de L... tout le monde la connoît, l'étiquette suffit : elle s'est si bien possedée pendant la recherche de Monsieur Gripart, qu'il n'a jamais soupçonné sa sagesse, & le hazard lui a été si favorable qu'il a ignoré qu'elle avoit toujours été entretenuë jusqu'au jour de son mariage ; chose même qui ne seroit point parvenuë à son mari, sans la mauvaise conduite qu'elle a tenuë après son Hymen, si publique & si peu menagée, que tout prévenu qu'étoit en sa faveur son mari, il a été obligé de convenir de son infortune. De l'humeur dont il étoit, il a jetté feu & flâme, il l'a maltraitée, & fait enfermer, à ce qu'il disoit, pour le reste de ses jours ; mais ces coleres bouillantes ne durent pas ; il n'a pas attendu au bout de l'année pour aller rechercher ſa femme, à qui cette retraite a été cependant ſalutaire ; elle a fait de ſerieuſes reflexions ſur ſa conduite paſſée, & elle eſt aujourd'hui l'exemple de toutes les femmes les mieux rangées.

Revenons à ce que me raconta Madame de G... Malgré tout ce que je pûs dire à Monſieur Gripart, continua-t-elle, il ſortit mécontent, monta dans ſa chaiſe en murmurant & partit. Mon mari pendant ce tems avoit armé le peu de gens que nous avions pour nous défendre en cas d'inſulte ; ces précautions furent inutiles pour la maiſon, le hazard en diſpoſa autrement, & il étoit dit que le malheur qui devoit arriver, ne pouvoit être prévû.

Lorſque le Marquis de L. V. ſe retira, il le fit avec ſi peu de précaution, malgré celle que je lui avois dit de prendre, ſous un prétexte ſpecieux, que les gens qu'avoit appostez le Chevallier d'Elbieux, reconnurent sa livrée, ils en avertirent leur Maître, qui s'en émut de colere, s'étant imaginé que sous les apparences de votre mariage avec Monsieur Gripart, on vouloit vous unir avec son Rival : dans cette pensée il sortit brusquement de son poste avec ses gens, & il entra les armes à la main dans la cour du Château. Il demanda avec fureur où étoit le Marquis, & se rendant redoutable, il obligea ceux qu'il rencontra de lui montrer le chemin qu'il avoit pris. La frayeur qu'il fit à un Berger, fut cause que la route de votre Amant fut mal indiquée, & qu'il suivit celle que tenoit M. Gripart. Le Chevalier qui couroit au grand galop, ne fut pas long-tems sans rencontrer un Valet de chambre du Financier qui suivoit de loin sa chaiſe. Le Chevalier commença la tragedie par le jetter à bas d'un coup de piſtolet, après quoi il continua ſon chemin. Gripart au coup de feu avoit mis la tête à la portiere, & ayant vû tomber ſon Valet, il crut que c'étoit des voleurs : il ſortit au plus vîte de ſa voiture, & ſa frayeur le fit mettre à genoux la bourſe à la main au milieu du chemin, en demandant d'un ton plaintif miſericorde & la vie. Le Chevalier d'Elbieux que la fureur guidoit, lui paſſa ſur le ventre ſans faire aucune attention à ſes clameurs, dans la foi où il étoit que le Marquis étoit dans la chaiſe : dès qu'il en fut à la portée il tira ſon autre piſtolet, qui paſſa au travers de la voiture, & dont la balle fut caſſer l'épaule au Poſtillon : d'Elbieux ſurpris au poſſible lorſqu'il fut à la portiere de ne pas trouver ce qu'il cherchoit, voyant qu'il s'étoit mépris, & que ſon rival lui étoit échapé. Le chemin étoit étroit, & il repaſſa une ſeconde fois ſur le ventre du malheureux Gripart, qu'il acheva d'eſtropier ; mais il couroit à ſa perte, le moment de la vengeance étoit prêt ; le Ciel alloit le punir de tous ſes attentats.

Le Marquis de L. V. qui s'en retournoit très-doucement à ſa Terre en rêvant, & comme un Amant chagrin, reveillé de ſa mélancolie par les coups de piſtolet, tourna avec précipitation la bride de ſon cheval vers l'endroit d'où ils étoient partis. O Ciel ! s'écria-t-il, Jeannette eſt en chemin : ſeroit-ce quelque choſe qui l'intereſſeroit, ou quelque attentat nouveau ? Tout ce qui nous eſt cher nous donne de l'inquietude, & retrace perpetuellement à notre mémoire les évenemens malheureux. Le Marquis prévenu de cette idée, entra à toute bride dans le chemin dont nous venons de parler ; il connoiſſoit trop le Chevalier d'Elbieux pour heſiter à le démêler : une chaiſe abandonnée, des Païſans en fuite implorant du ſecours, les cris douloureux & aigus de Gripart fracaſſé, deux hommes étendus ſur la place, tout cela ſembla le confirmer dans l'idée d'un ſecond enlevement. D'Elbieux de ſon côté eut la même opinion du Marquis ; il le cherchoit avec trop d'ardeur pour l'éviter : ſon empreſſement à ſe ſatisfaire lui fit oublier qu'il n'avoit plus de coup à tirer, & il vint à la rencontre de ſon rival, un piſtolet inutile à la main : Tu ne m'échaperas pas, s'écria-t-il, lorſqu'il fut à ſa portée, en le lui tirant en vain, & tu connoîtras une ſeconde fois le Chevalier d'Elbieux. Le Marquis ſans lui répondre fit feu, lui mit la boure dans le ventre, & le coup fut ſi furieux qu'il renverſa le Chevalier de deſſus ſon cheval: Reçois la punition de tes crimes, dit le Marquis en mettant pied à terre, & en lui appuyant ſur la tête le bout de ſon autre piſtolet; tu es mort dans l'inſtant ſi tu ne me dis où eſt Jeannette, & ce que tu en as fait. Je ne l'ai point vûe, reprit d'une voix baſſe & humiliée le Chevalier d'Elbieux. Je conviens que mon deſſein étoit de l'enlever cette nuit; mais le hazard m'ayant appris que vous étiez au Château, & ſoupçonnant que le vôtre étoit de vous en aſſurer pour jamais, je ſuis ſorti de l'endroit où je m'étois caché pour vous chercher : mais dis-tu vrai, interrompit le Marquis avec fureur, dans la crainte où il étoit qu'il ne fût joué. Helas! oui,

oui, continua le bleſſé, vous pouvez vous vanger, puiſque vous êtes mon Vainqueur; mais laiſſez-moi le tems de me reconnoître, & de demander pardon à Dieu de toutes mes offenſes; j'ouvre les yeux, je vois mes fautes, & je ſuis au deſeſpoir de les avoir commiſes; je vous prie d'oublier....... En cet endroit le ſang qui ſortoit de la bleſſure du Chevalier, lui coupa la parole. Le Marquis dont les ſentimens ſont généreux en eut pitié; il le laiſſa, en ordonnant à ſes gens de le ſecourir & de le porter au Château: il vint en attendant me trouver, & il m'aprit cette hiſtoire. Jugez, ma chere Jeannette, du deſeſpoir que m'ont cauſé ces funeſtes nouvelles.

Sauvez-vous, Monſieur, ſauvez-vous, me ſuis-je écriée dès qu'il a eu fini, cette affaire eſt de la derniere conſéquence, &

je crains bien qu'elle ne nous précipite dans un labyrinte dont nous aurons les uns & les autres bien de la peine à nous tirer. Helas ! reprit le Marquis, la simple vérité fera connoître mon innocence ; mais ce qui me fait trembler, c'est l'aimable Jeannette. Si la Cour a vent de l'azile où elle est, vous devez compter qu'une Lettre de cachet la renfermera pour le reste de ses jours. Je suis tranquille de ce côté, répondis-je ; les mesures ont été si bien prises, qu'un seul homme dont je suis sûr sçait sa retraite ; d'ailleurs elle passe dans le Couvent où elle est, pour une de mes parentes qui veut se faire Religieuse ; j'ai prévenu son pere & sa mere, en leur recommandant de dire que leur fille étoit sauvée, & qu'ils ne sçavoient ce qu'elle étoit devenuë ; ainsi quelque recherche qu'on fasse, il n'est pas possible qu'on puisse la trouver. Vous me rendez la vie, repliqua le Marquis en me baisant la main. Allez, partez, interrompis-je, les momens sont précieux, on vous cherche peut-être deja, je ne veux pas que vous me repliquiez: dès que vous serez à l'abri de tous les évenemens, vous me donnerez de vos nouvelles, & je vous ferai part de celles qui nous regarderont.

Le Marquis sortoit à peine, que l'on m'est venu avertir qu'on apportoit le Chevalier d'Elbieux; le mouvement lui avoit rendu la connoissance. Le Chirurgien de mon mari, qui ne le quitte jamais à cause de l'apoplexie dont il est menacé, a sondé la playe du blessé; il l'a trouvée dangereuse, en disant cependant qu'il en pourra revenir.

Le Valet de chambre de M.

Gripart a été tué, & son Maître si fracassé qu'il sera plus de six mois sans pouvoir se remuer; le Postillon est en danger; enfin, ma chere enfant, ma maison est un Hôpital. Comme nous sommes fort aimés dans notre Terre, nous avons demandé le secret: jusqu'à ce matin il ne paroît pas qu'il ait été ébruité; mais que je crains à mon retour d'apprendre de fâcheuses nouvelles! je suis venuë à la hâte vous prévenir, afin que s'il arrivoit qu'on sçût cette malheureuse histoire, vous fussiez si bien sur vos gardes, qu'on ne puisse vous soupçonner d'avoir été le motif de ces furieux évenemens. Il faut affecter beaucoup de tranquilité, sans cela vous seriez perduë, & vous nous compromettriez tous. Voilà, Jeannette, voilà le fruit de vos cruels charmes; plût à Dieu que vous fussiez moins belle, vous auriez inſpiré moins d'amour ; & ſi j'en avois crû Mademoiſelle d'Elbieux, nous nous ſerions évité bien des chagrins.

Ce dernier trait prononcé par Madame de G... me perça le ſein de mille coups ; j'en fus ſaiſie au point que je reſtai immobile, ſans pouvoir proferer une ſeule parole : mes larmes auſſibien que ma voix s'arrêterent au paſſage, & je ſerois tombée en foibleſſe, ſans une Religieuſe qui entra, & qui me ſoutint; c'étoit la même pour laquelle je me ſentois tant d'inclination : elle venoit de la part de la Superieure faire des excuſes de ce qu'elle ne pouvoit revenir. Cette aimable fille ſenſible à l'état où elle me vit, me prit dans ſes bras, & me fit mille tendres careſſes. Madame de G... que ces marques d'amitié toucherent, me recommanda à ſes ſoins : ne l'abandonnez pas, lui dit-elle, elle a du chagrin, personne mieux que vous n'est capable de la consoler: son pere, feignit-elle, veut qu'elle soit Religieuse, & elle y a de la repugnance ; voilà la raison pour laquelle vous la trouvez si abattuë. Eh mon Dieu, s'écria cette charmante fille, pourquoi donc veut-on la rendre malheureuse ? qu'a-t-elle fait pour être ainsi sacrifiée ? Ah ! Madame, continua-t-elle, ayez pitié de cette pauvre enfant. Je ne puis rester plus long-tems, repliqua Madame de G... mes affaires me pressent, on m'attend ; assurez-la, lorsqu'elle sera revenuë de son saisissement, que je la regarde toujours comme ma fille, & qu'elle aura bien-tôt de mes nouvelles. En proferant ces mots elle partit.

Malgré ma foiblesse j'avois tout entendu, & ma Protectrice

ne fut pas plutôt éloignée, que je me trouvai veritablement mal.

Courage, mon enfant, me dit la jeune Sainte-Agnés (c'étoit le nom de la Religieuse) vous me faites pitié, tâchez de vous soutenir, & gagnons un endroit convenable : ne vous laissez point abattre, ayez de la confiance, je vous en donnerai l'exemple, vous avez une veritable amie en moi. En me disant ces mots elle me donna le bras, & elle me conduisit dans ma chambre, où dês que je fus elle m'obligea de me mettre au lit. Je fus longtems sans pouvoir proferer une seule parole, & sans répondre qu'en lui serrant tendrement les mains. Eh bien, ma belle enfant, continua-t-elle en s'assoyant sur mon lit, comment vous trouvez-vous ? Helas ! repris-je en versant enfin des pleurs, comment je me trouve ! la plus malheureuſe de toutes les créatures, un ſort funeſte eſt attaché à tous mes pas, les évenemens les plus cruels ſe ſuccedent les uns aux autres; oui, continuai-je en levant les yeux au Ciel, jamais perſonne ne s'eſt vûë accablée de tant d'infortunes.

S'il étoit vrai, reprit Sainte-Agnés en me ſerrant entre ſes bras, & en ſoupirant, que la conſolation de celles qui ſouffrent dépendît de trouver des compagnes plus à plaindre qu'elles, vous ſeriez bien-tôt ſoulagée. Voyez, ma chere fille, voyez en moi la perſonne la plus malheureuſe; quand même vos maux ſeroient encore plus grands qu'ils ne ſont, ils ne pourroient ſe comparer aux miens : du moins vous êtes libre, & moi je ſuis engagée doublement : ſous ce voile je porte un cœur ſenſible & percé de mille traits; victime déplorable

ble du caprice, je traîne ici des jours accompagnés de tourmens, d'autant plus insuportables, que bienséance, honneur, & l'interêt des miens m'obligent à les dévorer; que dis-je, je n'ai pas encore eu la consolation de pouvoir répandre dans le sein d'une amie, mes secrets & mes ennuis! vous êtes la seule à qui j'en aye tant dit, & pour laquelle je me sois interessée si tendrement. Confondons nos malheurs ensemble; accordez-moi votre confiance, vous avez déja la mienne, nous y trouverons des douceurs sans égales dans notre mutuelle affliction: le voulez-vous, ma belle Jeannette? Ah! repris-je vivement, dans l'état où je suis, qu'il est consolant pour moi de trouver tant de pitié dans un lieu qui m'est si desagréable! que je vous sçais bon gré, continua Sainte-Agnés, de vos ſentimens ; votre averſion pour le Cloître ſe trouve ſi conforme à la mienne, que vous meriteriez par ce ſeul endroit, que je ne vous cachaſſe aucune de mes affaires. Je vais vous ouvrir mon cœur, vous allez juger du cas que je fais de votre amitié, puiſqu'à peine vous connois-je, que je me livre entierement à vous ; nous avons encore près d'une heure ſans être interrompues, je ſuis perſuadée que cette hiſtoire mettra quelque treve à vos peines.

Je paſſerai legerement ſur ma naiſſance, quelque ſinguliere qu'elle ſoit. Je ſuis de Pont-à-Mouſſon en Lorraine, fille d'un des principaux de cette Ville. Ma mere étoit extrêmement aimable, & avoit épouſé un homme de qualité, qui faiſoit ſon ſéjour ordinaire à une terre peu diſtante de cet endroit ; elle me mit au monde à l'âge de vingt-cinq ans, & pour des raisons dont je parlerai autre part, elle cacha sa grossesse, & accoucha secretement; je fus élevée sous le nom de la fille d'un Jardinier, qui avoit son habitation à quatre ou cinq lieuës de-là. Les premieres années de mon enfance se passerent dans des occupations viles, & propres à la profession de mon pere adoptif. La jalousie de deux sœurs, que je croyois telles, me rendant à chaque instant la victime de leur haine, fut cause que par pitié l'on me commit pour garder les moutons: les maux dont j'étois accablés sans cesse, me rendirent supportable cet emploi en comparaison, & je benis le Ciel de ce changement.

Le Seigneur du Village dans lequel je demeurois, se nommoit M. Melicourt; il étoit Conseiller au Parlement de M... & venoit tous les ans paſſer les Vacances à ſa Terre. Il avoit un fils qui étudioit, & qui ne manquoit jamais de l'y accompagner; ce jeune homme étoit très-aimable, bienfait, & moins diſſipé que ceux de ſon âge : au lieu d'employer ſon tems à la chaſſe ou à d'autres plaiſirs, il en paſſoit une partie à l'étude; ſa ſeule recréation étoit de ſe promener après le ſoleil couché, aux environs du Village, où je le rencontrois preſque tous les jours un livre à la main : toutes les fois qu'il paſſoit près de moi il m'ôtoit ſon chapeau, & cela arrivoit ſouvent. J'avois près de quatorze ans alors : j'étois vive, & je trouvois le jeune Melicourt bien aimable. Quoique je baiſſaſſe les yeux toutes les fois que je le rencontrois, j'aurois été bien fâchée ſi le hazard m'eût privée du plaisir de le voir.

Un jour que j'avois conduit mes moutons aux environs d'une Garenne à un quart de lieuë de Tresé (c'est le nom du Village) j'entrevis le jeune Melicourt qui dormoit sur l'herbe , au pied d'un jeune hêtre : je ne fus pas fâchée de cette rencontre ; mon cœur desiroit depuis long-tems de pouvoir l'envisager sans compromettre ma honte ; quoique j'ignorasse les effets de l'amour , je démêlois assez qu'un penchant dominoit dans mon ame, & malgré l'éducation la plus grossiere, je prenois assez sur moi pour ne m'y pas livrer.

Cette occasion favorable me rendit plus hardie, j'étois seule, il dormoit ; je m'approchai pas à pas, en m'arrêtant quelquefois dans la crainte de le reveiller ; je pris de la main une baguette,

& je faisois du bruit dans les feuilles pour tâter son sommeil : j'avois beau augmenter le bruit, le jeune homme ne donnoit aucune marque que son repos en fût troublé ; je m'avançai dans cette confiance tout près de lui, mon cœur battoit. Melicourt est brun, a des beaux yeux, une belle physionomie, ses cheveux fort grands étoient bouclés & attachés négligemment par un ruban ; l'attitude où il se trouvoit avoit découvert entierement son visage ; son front étoit si serein & si beau, qu'on ne pouvoit le regarder sans avoir du plaisir ; mon jeune cœur le ressentit, & il acheva de se prendre à cet examen indiscret. Un livre étoit par terre, le desir me prit de m'en emparer ; mon pere étoit Maître d'Ecole de Tresé, & m'avoit appris à lire : je fus curieuse de sçavoir si je connoîtrois quelque chose à cette lecture : après avoir mis le livre dans ma poche, je resolus de m'éloigner pour que je ne fusse pas soupçonnée de ce vol, mais je n'en avois pas la force, une puissance secrete me retenoit. Dangereuse curiosité pour une jeune personne, & qui l'engage quelquefois malgré elle ! Avois-je fait deux pas pour m'éloigner, je tournois la tête, & j'en faisois quatre pour revenir. Melicourt étoit un aimant dont je ne pouvois me détacher ; j'allois cependant me retirer, il avoit fait un mouvement qui m'annonçoit un reveil prochain, lorsqu'une guêpe vint se mettre sur son visage. Je me baissai avec précipitation, un interêt vif me fit étendre le bras pour la chasser, mais ce fut avec si peu d'adresse, ou pour mieux dire, avec tant de trouble, qu'en chassant l'insecte dangereux, je donnai un soufflet à Melicourt. Il se reveilla en sursaut, & se mit sur son séant en proferant quelques mots que mon agitation m'empêcha d'entendre. Je voulus me sauver, mais le jeune homme m'arrêta par ma robe, en me disant avec un souris qui acheva sa conquête: Eh ! bon Dieu, que vous ai-je fait, belle fille, pour me maltraiter pendant mon repos ? Helas ! Monsieur, reprisje tout interdite, je vous demande pardon, mon intention n'étoit pas de vous faire du mal; en allant chercher un de mes moutons qui s'est égaré du troupeau, j'ai passé près de vous dans le tems qu'une mouche vous alloit piquer, j'ai eu peur qu'elle ne vous blessât, je me suis pressée, & c'est apparemment la cause du mal que vous dites que je vous ai fait. Pendant que je m'excusois avec cette innocence difſimulée, le jeune homme me conſideroit avec toute l'attention poſſible, & ſon étonnement paroiſſoit flatteur pour moi. Lorſque j'eus achevé, il voulut me jetter les bras au col pour me remercier, diſoit-il, du ſervice que je lui avois rendu. Je m'étois dérobée à ſon empreſſement, j'avois rougi de ce tranſport. Vous êtes fâchée, me dit-il, ma belle enfant; ſeroit-ce l'excès de ma reconnoiſſance qui vous deſobligeroit? Eh bien demeurez, je ſerai plus ſage; ſi c'eſt manquer de diſcretion de s'abandonner à des tranſports que vos charmes font naître, je ne les ai jamais reſſenti pour perſonne. Mon Dieu, que vous êtes belle, continua-t-il, en me preſentant la main. Tenez, vous êtes la premiere à qui je l'ai dit, parce que vous êtes la ſeule qui avez paru telle à mes yeux. Je feignis de ne pas entendre ce langage. Mais, ma chere enfant, toute petite fille que j'étois, je comprenois fort bien qu'il étoit flatteur pour moi : nonobstant le goût que j'avois pour le jeune homme, je me retirai. Eh ! ne vous en allez pas encore, s'écria Melicourt en voulant me retenir, le soleil n'est pas encore couché, pourquoi me priver du plaisir charmant de vous voir ? Ah ! que vous êtes méchante, continua-t-il, me voyant deja bien loin, il auroit bien mieux valu me laisser piquer de la mouche ; le mal qu'elle m'auroit causé n'auroit duré que quelques instans, au lieu que le trait qui est parti de vos yeux, a fait un tel effet dans mon cœur, que je crains bien que je n'en guerisse jamais.

Pendant ce discours je fus rejoindre mon troupeau ; Melicourt me ſuivoit de loin, mais lorſque je le voyois venir d'un côté je paſſois de l'autre, ſous pretexte de ramener mon bétail : il s'apperçut bien-tôt de ma malice, & il s'arrêta les bras croiſez, en me regardant avec un air qui, à ce que je crois, ſignifioit bien des choſes ; je feignis de n'y pas faire attention, & je repris le chemin du Village, non ſans tourner bien des fois la tête, & ſans remporter une image qui ſubſiſte encore dans mon cœur. Voilà à quoi s'expoſe une jeune fille imprudente & curieuſe.

Je ne vous entretiendrai point, mon aimable Demoiſelle, continua la Religieuſe, de toutes les occaſions que nous eûmes de nous rencontrer & de toutes les converſations qu'elles occaſionnerent. Ce jeune Melicourt étoit tendre & ſincere, & j'étois prévenuë : il ne fut pas long-tems ſans que je lui fiffe l'aveu de ce qu'il avoit fait naître dans mon cœur ; il en fut tranſporté, & malgré l'obſcurité de ma naiſſance, il me jura dès ce moment qu'il ne ſeroit jamais à d'autre qu'à moi. Quelle douceur, grand Dieu ! Quel heureux tems ! Mais helas ! les Vacances finies il fallut partir, nos adieux furent arroſez de nos larmes, & nous n'eûmes de conſolations l'un & l'autre que dans l'eſperance de nous revoir ; il me la promit prochaine, mais malgré cela je fus trois mois ſans pouvoir me conſoler. Je faiſois part de mes peines à mes petits moutons, ils étoient mes ſeuls confidents ; mais leur paiſible ſilence ne ſatisfaiſoit pas mon cœur affligé.

Un ſoir que je revenois au Village plus fatiguée des peines de mon cœur, que du travail de la journée, je vis venir au-devant de moi la fille de celle qui paſſoit pour ma mere ; elle couroit, & par ſes geſtes il ſembloit qu'elle avoit quelque choſe d'intereſſant à me dire; je me preſſai d'arriver : Ah ! Minette, me dit-elle, (c'étoit le nom qu'on m'avoit donné, parce qu'on diſoit que j'étois fine) que me donnerez-vous pour les nouvelles que j'ai à vous apprendre ? elles vont bien vous étonner ; il vient d'arriver quelqu'un qui vous fera bien du plaiſir. Le rouge me monta à ce diſcours, je crus d'abord que c'étoit le fils du Seigneur dont elle vouloit parler, ou, comme l'on craint toujours lorſque l'on a quelque choſe à ſe reprocher, que notre amour ne fût découvert. Je n'oſai demander à ma ſœur de quoi il s'agiſſoit. Vous êtes bien peu curieuſe, me dit-elle en m'embraſſant, ce qui ne lui étoit pas ordinaire ;

il semble depüis quelque tems que vous ne vous souciez de rien. Eh bien, pour vous punir de votre indifference, je ne vous dirai pas qu'il est venu une grande & belle Dame descendre en carosse au logis, qui a demandé ma mere, & qui s'est enfermée dans une chambre avec elle; je me garderai bien même d'ajouter que curieuse de sçavoir le sujet de cette conversation secrete, je me suis cachée, & que je sçais tout. Dame, j'ai tout entendu; je ne dirai pas que vous n'êtes pas notre sœur, & que la Dame vous reclame pour être sa fille. Comment, m'écriai-je, surprise de ce discours, & qui ne m'auroit pas tant étonnée si j'avois autant lû de Romans que dans les suites, que signifient donc toutes vos paroles? en voulant ne me rien dire, vous m'apprenez les choses les plus extraordinaires, & ausquelles je ne puis ajoûter foi; vous voulez sans doute vous divertir à mes dépens. Que voulez-vous que je pense de l'histoire que vous me faites ? Je le crois bien, reprit malignement ma sœur; il faut cependant bien qu'il y ait quelqu'apparence, car j'ai entendu sonner de l'argent, & l'on dit qu'on n'en donne pas pour rien. Cette fille achevoit à peine ces mots, qu'une autre sœur a paru dans le chemin, qui arrivoit avec la même vivacité, en me criant de loin que je revinsse au plus vîte, & que je lui remisse le troupeau, ma mere l'ayant ordonné ainsi. J'obéïs, & je revins à la maison. Je ne fus pas plutôt entrée dans la chambre, que ma mere, ou pour mieux dire, celle que je croyois telle, me découvrit le sein, & fit voir à une belle Dame qui étoit presente, un signe ou envie que j'ai à la gorge : C'eſt bien elle, dit cette Dame ; je n'en aurois pas douté, quand même vous ne m'auriez pas fait voir cette marque, ſa phyſionomie parle. Enſuite m'adreſſant la parole, voulez-vous, ma chere enfant, me dit-elle avec un air de bonté, venir demeurer avec moi ? Je vous ai demandé à votre mere, je veux avoir ſoin de vous & la ſoulager. Vous êtes bien bonne, Madame, reprit la Jardiniere ; Minette vous ſuivra aüec grand plaiſir, elle n'a point de volonté, elle eſt fort douce ; il faut que vous lui pardonniez ſi elle ne vous repond pas, elle n'eſt pas accoutumée à ſe trouver près du beau monde. La Dame ſans faire attention à ce diſcours ſe leva, & dit quelques mots à l'oreille de la Jardiniere: celle-ci m'ordonna d'aller mettre une robe deſtinée pour les

les jours de fêtes, en ajoûtant que je me dépêchasse, & que je ne fisse point attendre après moi. J'obéïs le cœur émû & ne pouvant concilier les discours de ma sœur avec ceux que je venois d'entendre. Je me mis à pleurer en m'habillant. Helas! me disois-je, je ne verrai plus mon aimable Berger; (c'est ainsi que je nommois Melicourt dans nos doux entretiens) il m'oubliera, & je serai malheureuse; & vous, mes chers petits moutons, qu'allez-vous devenir, faut-il que je vous quitte ainsi sans vous caresser? Toutes ces petites reflexions augmenterent mes larmes; elles me firent honneur dans l'esprit de la Dame & de ma mere, & furent caracterisées d'un bon naturel pour les miens. J'embrassai de tout mon cœur les parens que je quittois; cette scene fut touchante, & la douleur de nous quitter fut mutuelle.

Lorſque nous fûmes parties, & que je me trouvai ſeule avec la Dame inconnuë, je me rappellai tout ce que ma ſœur m'avoit dit; ſes façons ne repondoient en aucune maniere au lien dont ſon diſcours m'avoit flatté. Cette Dame étoit diſtraite & rêveuſe, ne me parla point, & paroiſſoit occupée de quelque choſe d'important; toute ſimple que j'étois, je ſçavois fort bien me dire, mais ſi elle étoit ma mere, qui l'empêcheroit à preſent que nous ſommes ſeules de m'embraſſer comme ſa fille: ſans être ſûre de ce qui m'avoit été dit, vingt fois je me ſerois jettée à ſon col, ſi la timidité ne m'avoit retenuë. Nous n'eûmes pas fait deux lieuës qu'un Cavalier fort bien mis aborda la portiere, & ſe preſenta à la Dame avec un air qui faiſoit connoître qu'il étoit de ſes amis ; il s'attacha beaucoup à me conſiderer pendant le reſte du chemin, me fit pluſieurs queſtions auſquelles je crois que je répondis aſſez mal ; il s'écria pluſieurs fois que j'étois fort jolie. Nous arrivâmes avec de ſemblables diſcours à la porte d'un Château où nous deſcendîmes. Le Monſieur & la Dame me firent entrer avec eux dans un appartement où il paroiſſoit qu'ils étoient attendus, & où ils devoient ſouper ; le couvert étant déja prêt, l'on ſe mit à table. La Dame me fit mettre auprès du feu où l'on me donna à manger : ils avoient l'un & l'autre ſouvent les yeux attachés ſur moi. Malgré les inquietudes de mon cœur, je ſentois un certain je ne ſçai quoi qui me donnoit de la hardieſſe & de la ſatisfaction à les conſiderer à mon tour. La Dame s'écria plusieurs fois, sçavez-vous bien que lorsqu'elle sera décrassée qu'elle ne sera point maussade ? Le Monsieur en convenoit aisément : il m'avoit fait lever pour considerer ma taille, il me prit les mains, & fut curieux au point de vouloir voir aussi le signe que j'avois au sein. J'étois honteuse, & je voulus m'en défendre : il n'y a point de mal, Minette, me dit la Dame avec Monsieur ; mais cela est different avec d'autres. Dès qu'il eut reconnu ce signe il parut extrêmement satisfait, & il m'embrassa avec beaucoup de bonté. J'étois interdite de toutes ces choses au point de ne pouvoir manger, ils m'en presserent cependant, & lorsqu'ils crurent que j'avois soupé, une femme de chambre qu'on nomma devant moi Mademoiselle Bretigny, fut chargée de me conduire dans un petit cabinet qui tenoit à la chambre. Cette fille me dit de me coucher; elle voulut m'aider à me deshabiller, & en le faisant elle me caressa beaucoup: je fus complaisante à tout ce qu'elle voulut; & lorsque je fus dans un petit lit très-bon qui m'avoit été préparé, elle sortit en fermant sur moi une porte qui étoit vitrée.

Tout ce qui s'étoit passé ce jour m'agitoit trop pour que je pûsse m'endormir facilement; ce que m'avoit dit ma sœur me revenoit sans cesse à l'esprit, & je n'oubliai pas les moyens dont elle s'étoit servie pour satisfaire sa curiosité. On suit plus aisément les mauvais exemples que les bons; je me relevai sans bruit dans l'intention d'écouter: je levai le petit coin d'un rideau de taffetas qui couvroit en-dedans la porte vitrée; le Monsieur &

la Dame étoient encore à table; ils se parloient si bas qu'il ne me fut pas possible d'entendre ce qu'ils se disoient; j'en fus affligée, car il étoit aisé de démêler à leurs gestes qu'ils étoient occupez de choses essentielles. La femme de chambre dont j'ai parlé avoit la place que j'avois quitté, & paroissoit être du conseil. L'impatience que j'avois de ne pouvoir satisfaire ma curiosité, alloit me faire retourner dans mon lit, lorsque la Dame contre mon attente éleva la voix. Au bout du compte, mon ami, s'écria-t-elle, que risquons-nous, & qu'aura-t-on à dire quand on sçaura qu'au lieu d'être aux Isles comme on vous a toujours crû, vous étiez caché près de moi? ma réputation n'en peut souffrir; si j'ai caché ma grossesse & cet enfant, ce n'a été qu'en consideration de cette absence suppoſée ; mais puiſque votre affaire eſt Dieu merci terminée, je ne vois pas d'inconveniens à publier la naiſſance de notre fille. Mon Dieu, Madame, vous allez bien vîte, reprit mon pere, (car je ne pouvois douter que ce ne fût lui ;) outre que vous allez faire jaſer le Public, vous tombez encore dans un inconvenient auquel vous ne ſongez pas ; votre fille aînée eſt mariée à l'homme de France le plus intereſſé, que dira-t-il lorſque vous déclarerez la naiſſance de Minette, quand même vous le mettriez au fait, comme il ſeroit néceſſaire, de cette avanture ? il n'en voudra rien croire, & regardera cet enfant comme ſuppoſé, & qui doit partager avec ſa femme ; il vous intentera un Procès ; le Public eſt méchant, la Cour ſera imbuë de ma déſobéïſſance : vous ſçavez que lorſque j'ai eu le malheur de tuer en duel le Comte De... qu'on n'a obtenu de sa famille la grace de ne me point flétrir en Justice, qu'à la condition que je sortirois du Royaume, chose que nous serons obligez de prouver contraire, & qui me mettra dans le cas d'être inquieté de nouveau : la fin de mon exil qu'on vient de m'accorder aujourd'hui (par la mort de l'ennemi que j'avois dans cette affaire,) ne se fonde que sur ce que j'ai rempli les engagemens ausquels j'étois tenu d'obéïr ; pensez donc que ceci va tout déregler, & que pour prouver la naissance de votre fille, que votre gendre disputera sans aucun doute à cause des raisons que je viens d'énoncer, il faudra, je vous le dis une seconde fois, prouver que je suis resté dans le Royaume, & que j'ai manqué aux ordres formels de de la Cour; voilà mes raiſons, ajouta mon pere, en avez-vous de meilleures à me donner? ma mere ne voulut point s'y rendre; c'eſt-à-dire, reprit-elle avec chaleur, que cette pauvre enfant qui eſt votre fille très-légitime, ſe verra donc fruſtrée du bien qui lui doit revenir un jour en cette qualité, & paſſera ſa vie à méconnoître ſon ſort. Je conviens, continua mon pere, qu'elle ſe trouve dans un cas malheureux; les tems peuvent changer; mais comment aujourd'hui pourroit-on concilier toutes ces choſes? cela ne me paroît pas difficile, interrompit la femme de chambre, qui ne ſentant point remuer en ma faveur les entrailles de la nature, n'étoit pas obligée d'en connoître les interêts. Mademoiſelle Minette eſt jeune, elle ſe croit autre qu'elle eſt; mettez-la dans un

Couvent, & faites-la Religieuse: dans son ignorance peut-elle esperer un sort plus gracieux? lorsqu'elle aura fait profession, aprenez-lui, si vous voulez, qu'elle est votre fille, publiez-le même s'il le faut? qu'aura Monsieur votre gendre à répliquer? Ce conseil n'est pas mauvais, reprit ma mere, il faut y penser. Mon pere se tut, mais il ne fut pas difficile de connoître à l'air dont il se mit à rêver, que l'avis n'étoit pas de son goût; le silence succeda, & le voyant continué, je fus me remettre dans mon lit où le sommeil me surprit au milieu de mille agitations.

Le lendemain Mademoiselle Bretigny vint m'éveiller de bonne heure; elle m'essaya plusieurs robes qui avoient servi à ma sœur, & il s'en trouva qui convinrent à ma taille; je me trouvai en moins de rien habillée comme il convenoit à une Demoiselle; ensuite je passai dans la chambre de ma mere. Minette, me dit-elle, en me faisant approcher de son lit, écoutez-moi avec attention. Votre mere m'a servie autrefois, je l'aime, & je lui ai promis en cette consideration, que j'aurois soin d'une de ses filles; mon choix est tombé sur vous, parce que vous m'avez plû; mon dessein est de vous mettre dans un Couvent pour vous y faire donner de l'éducation; vous êtes assez grande, & devez être assez raisonnable pour entrer dans mes vûës; si l'on sçavoit que vous n'êtes qu'une Paysanne, on n'auroit pas pour vous dans la Maison où je veux vous mettre une certaine consideration que je souhaïterois; & s'il arrivoit qu'il vous prît envie de vous faire Religieuse, vous ne pourriez y parvenir à cauſe de votre naiſſance ; ainſi dès ce moment j'ai réſolu de vous faire paſſer pour ma niéce qui arrive de Province ; j'ai chargé Bretigny de vous inſtruire à ce ſujet ; elle vous conduira dès aujourd'hui à M.... où je veux qu'on vous faſſe des habits, de-là elle vous ramenera chez moi, où je vous garderai quelque tems pour vous ôter les façons villageoiſes, afin qu'en entrant au Couvent vous ne démentiez pas le nom ſous lequel vous y paroîtrez.

Pendant que ma mere me diſoit ces choſes, je la conſiderois attentivement ; cet examen m'attendrit ; j'étois ſeule avec elle, mon pere étoit déja parti ; je me mis à pleurer & à lui baiſer tendrement les mains que je mouillois de mes larmes : la nature ne perd point ſes droits, & ſon empire eſt plus fort que celui de la politique ; ma mere en fit l'experience, elle étoit émuë, & me caressoit avec beaucoup d'affection ; sans Bretigny qui survint, elle auroit peut-être oublié les loix qu'elle s'étoit imposées. Que faites-vous donc, Madame, dit cette femme de chambre en entrant ? il ne manqueroit plus ici que Monsieur ; ôtez-la-moi, s'écria ma mere, en essuyant ses yeux, car je n'y puis plus tenir. Ce mot redoubla mes larmes ; je commençai mon rôle de fille par l'obéissance ; Bretigny me prit par la main, me fit monter en chaise, & nous partîmes.

Elle eut beau faire en chemin pour me faire parler, mon cœur étoit trop serré ; je ne mangeai presque point à la dinée. Nous arrivâmes le soir à M... où son premier soin fut en descendant au Cabaret de faire venir des Ouvrieres avec lesquelles elle fut acheter tout ce qu'il me falloit, & qui promirent que deux jours après je ferois habillée.

Le lendemain Bretigny ayant plusieurs affaires dans la Ville, sortit, & m'enferma dans la chambre; je me mis à la fenêtre remplie de toutes les choses qui m'étoient arrivées; Melicourt n'y étoit pas oublié. Je me rappellois dans cet instant le commencement de ma passion, lorsqu'un jeune homme qui alloit passer dessous mes fenêtres, fixa avec émotion mes regards; je crus le reconnoître, & j'avançai la tête; mais quelle fut ma surprise! c'étoit mon Berger lui-même; je frappai les mains de joye en faisant une exclamation : il leva les yeux, & malgré ce changement qui devoit être en ma personne par des ajustemens nouveaux, il me reconnut. O Ciel! s'écria-t-il, c'est Minette; il ne prenonça que ces paroles, & vint ſur le champ avec précipitation à la porte de ma chambre : Minette, Minette, me dit-il au-travers de la ſerrure, ouvrez à votre malheureux Berger : quels tranſports ! quel plaiſir ! qui vous eût cru ici ? Eſt-ce pour moi que vous y venez ? D'où vient que vous n'êtes plus Bergere ? Ouvrez donc vite. Le pauvre enfant me fit cent queſtions à la fois : je lui appris que j'étois enfermée, que j'avois mille choſes à lui dire, mais qu'il étoit impoſſible que je lui parlaſſe à travers une porte où l'on pourroit nous ſurprendre. Il voulut ſçavoir la raiſon pour laquelle j'étois enfermée : je ſatisfis ſa curioſité ſans entrer dans aucun détail ſecret ; nous convînmes à la hâte qu'il ſe cacheroit dans quelque coin de la maiſon, & que dès que Bretigny ſeroit de retour, que je ferois enforte de m'échapper, & de lui parler quelque part. Il se retira, en me promettant que malgré ses Classes où il étoit encore malheureusement obligé d'aller, il ne sortiroit pas de la maison qu'il ne m'eût entretenu de sa constance : nous convînmes d'un signal, & comme nous étions dans un Cabaret, il profita de cette occasion sous le prétexte d'un déjeuner, en en attendant une plus favorable.

Un moment plus tard Mademoiselle Bretigny nous auroit surpris. Le plaisir que j'avois ressenti à la vûë de mon Amant, s'étoit répandu sur mon visage ; elle s'apperçut aisément de ce changement. Voilà ce qui s'appelle une fille, s'écria-t-elle en m'embrassant ; j'aime à vous voir cet air tranquille & serain, vous en êtes une fois plus aimable :

cette Femme de chambre me tint plusieurs discours semblables ausquels je répondis avec assez de liberté : lorsque le cœur est satisfait, il influë sur tout le reste. La bonne Bretigny ne tarda pas à avoir des affaires ; elle étoit chargée de beaucoup de commissions qui l'obligeoient d'aller & de venir: l'amour donne de l'intelligence ; je commençai pour venir à mes fins par passer d'une chambre à l'autre, je revenois ensuite, & je faisois tout cela comme une personne qui s'ennuye, & qui cherche à se dissiper. Mes feintes réussirent, & Bretigny ne fit aucune attention à mes démarches : dès que je crûs le moment favorable, je fis le signal à Melicourt qui me guettoit, il parut à l'instant au bas de l'escalier ; je lui montrai du doigt une chambre, il y entra, & je ne fus pas long-tems sans le joindre.

N'ai-je pas lieu de craindre, ma belle Demoiselle, s'interrompit la Religieuse en me regardant fixement, que je ne vous donne une mauvaise opinion de moi : & ne trouverez-vous point trop hardies, à l'âge où j'étois, ces démarches ; mais l'amour & le peu d'éducation qu'on m'avoit donné pourroient servir d'excuse ; je n'entendois point de mal à ce rendez-vous. A peine Melicourt m'appercut-il, qu'il se jettat à mes pieds. Je ne vous repeterai point la conversation que nous eûmes, elle fut des plus vives ; l'aveu naturel de tout ce qui m'étoit arrivé, de ma naissance, des interêts secrets qui faisoient agir mes parens, rien ne fut oublié ; j'aimois trop pour rien cacher à mon Berger. Le changement qui arrive en vous, ma belle Minette, me dit-il, n'augmente point le respect que j'ai pour vous : bien loin que votre élevation me flatte, elle afflige la pureté de mes sentimens; il m'étoit doux de pouvoir penser que je ferois un jour la fortune de ma Bergere, & puis-je compter qu'après la connoissance qu'elle a de son sort, elle continuë d'aimer son Berger? Je le rassurai le mieux que je pûs; l'amour parloit, il est éloquent : mais lorsque Melicourt apprit que j'allois disparoître, & les desseins qu'on avoit sur moi, il se repandit en plaintes ameres. Helas! que je suis malheureux de n'être pas mon maître, s'écria-t-il, j'empêcherois bien une pareille violence : vous allez donc partir, chere Minette? Je ne vous verrai plus, & je vous perdrai pour jamais. En prononçant ces mots il se mit à pleurer avec amertume. Helas! repris-je attendrie, que puis-je faire que de vous aimer ? Jeune, obligée de me taire, & dépendante de tout le monde, les larmes & les regrets sont les seules armes dont je puis me défendre; ce triste entretien fut interrompu par Bretigny qui m'appelloit. Je m'étois oubliée, je sortis au plus vîte, je n'eus que le tems de serrer la main au pauvre Melicourt, & je rentrai avec précipitation en essuyant mes yeux : vous avez pleuré, me dit la Femme de chambre, cela n'est pas bien; je ne vous laisserai plus seule une autre fois; mettez-vous auprès du feu, il faut se dissiper : voyons si vous sçavez lire comme il faut, cela nous fera passer le tems agréablement. Elle me donna une Vie des Saints pour me preparer de bonne heure, sans doute, à celle que je mene aujourd'hui (c'étoit l'histoire de Sainte Agnés;) je la lûs tout haut; mais (effet de la ſituation où ſe trouve le cœur) tout ce que cette Martyre diſoit, avec une tendreſſe ſainte, je l'appropriois aux ſentimens actuels de mon ame. Cette lecture eut tant de force ſur mon eſprit, que je me remis à pleurer avec une telle abondance que je ne pûs achever ma lecture.

Bretigny prit les choſes bien differemment ; elle me ſçut bon gré, à ce qu'elle me dit, de ce que j'avois tant de religion, & me fit ſur cela une belle exhortation, dont je crois vous devoir faire grace. Au ſortir de ce ſermon nous ſoupâmes, & j'attendis l'heure de me coucher avec impatience : dès que je fus libre je me rappellai tout ce que Melicourt m'avoit dit ; plus mon cœur avoit de penchant pour lui, & plus je ſentois de repugnance pour le Couvent. J'aurois bien mieux aimé que les choses tournassent de façon que je pusse épouser mon Berger. Je m'arrêtois avec plaisir à cette imagination, elle me consoloit, & je ne pouvois m'en défaire : rien ne flatte tant les jeunes personnes que l'idée du mariage; d'où vient aussi leur donne-t-on tant de lieu d'y penser ? A peine un enfant sçait-il parler, qu'on dit, comment, c'est une grande fille ! nous la marierons bien-tôt. Les petits voisins sont appellés petits maris, en attendant qu'ils soient plus grands; les parens idolâtres de ce qui vient d'eux, se divertissent de toutes ces choses, on les repete souvent. Ne feroient-ils pas mieux d'être plus circonspects, surtout devant une jeune personne, qui à mesure qu'elle grandit, discerne de mieux en mieux les objets ; les idées de l'avenir se fortifient surtout lorfqu'elles plaisent ; malheur alors à celles à qui l'on veut les ôter, ce sont des racines profondes, difficiles à arracher : mais revenons à mon histoire.

Le lendemain les Ouvrieres m'apporterent les habits : je me trouvai si differente de moi-même lorsque je fus vêtuë, que tout me sembla changer en moi, jusqu'à ma façon de penser. Faut-il que les situations diverses élevent ou abaissent les sentimens ? plusieurs choses passées qui me revinrent alors à l'esprit, me parurent condamnables. Bretigny ne me laissa pas le tems de pousser plus loin mon examen ; à peine ses affaires furent-elles terminées que la chaise fut prête ; nous partîmes. Je cherchai des yeux Melicourt, je pensois qu'il ne devoit pas manquer cette occasion pour me voir, & j'eus un vrai dépit de ne le pas rencontrer.

Nous avions à peine fait quatre lieuës, que nous trouvant dans un petit chemin, je vis marcher à côté de la chaise un Pelerin qui fixoit souvent les yeux sur moi: j'étois si distraite & si affligée d'être partie sans avoir vû mon Amant, que je ne fis aucune attention à cet homme. Bretigny me tira de ma distraction, en me le faisant remarquer. Voyez, Mademoiselle Minette, me dit-elle, ce pauvre jeune homme, n'est-il pas à plaindre, de marcher ainsi dans la crote? que sa physionomie est belle & prévenante, peut-être même a-t-il autant d'esprit qu'il est bien fait! que la fortune est cruelle! n'est-il pas affreux qu'à cet âge on ait déja tant de mal, pendant qu'il y a tant de gens qui ne valent pas ce jeune homme, qui nagent dans le bien. J'avois jetté les yeux sur le Pelerin pendant

ce

ce diſcours ; mais quelle fut ma ſurpriſe ! c'étoit Melicourt ; malgré ſon déguiſement, je le reconnus. Je fus bien-heureuſe que Bretigny qu'une bien-veillance extraordinaire prévenoit en faveur de mon Amant, eût avancé la tête pour lui faire éviter la rouë de la chaiſe, qui ſembloit le menacer, car elle ſe ſeroit aiſément apperçuë de mon trouble : mes yeux rencontrerent ceux de Melicourt, je les baiſſai & je rougis, mais mon cœur en ſourit en ſecret. Je ſouffrois cependant de le voir à pied dans les crottes ; il paroiſſoit gay, & prit occaſion des bontés de la Bretigny pour lier converſation avec elle : il dit qu'il revenoit de pelerinage, & qu'il retournoit à deux cens lieuës. La Femme de chambre fit un grand ſigne de croix à ce diſcours, & elle lui dit qu'il falloit ſe repoſer, & qu'il ſe feroit mourir s'il ne se menageoit pas davantage. Melicourt qui s'apperçut de la bonne volonté de cette fille, chercha à lui plaire. Ayant appris par le Postillon, avec lequel il avoit causé, qu'elle étoit toute-puissante dans la maison, il crut pouvoir mieux parvenir à ses fins, & la mettte dans ses interêts en l'amusant : pour cet effet il lui conra des histoires extraordinaires, & je crois faites à plaisir, dont elle parut enchantée : nous attrapâmes en discourant ainsi la dînée. Bretigny fit mettre le Pelerin à table, en me disant que je ne devois pas être fiere avec les pauvres, & que c'étoit le moins qu'on pouvoit faire que de les assister en voyage ; vous croyez bien que je ne m'y opposai pas.

Si vous avez aimé, ma belle Demoiselle, jugez du plaisir que je ressentis de me trouver près d'un Amant qui me donnoit des preuves si claires de sa tendresse ; j'avouërai ingénuement que ce plaisir me fit oublier tout ce que j'avois à craindre de l'avenir; quelque joye qu'eût mon berger, il sçut se posseder, & d'un air fin me fit sentir que s'il faisoit la cour à Mademoiselle Bretigny, j'en étois le principe : il la prévenoit de mille soins ; ce qu'il y a de plaisant, c'est qu'en parlant de lui il se coupoit à chaque instant, mais la bonne femme de chambre étoit si prévenuë en sa faveur qu'elle aidoit elle-même à rendre vraisemblable ce qu'il lui débitoit ; son penchant pour le Pelerin fut au point de lui proposer de se mettre derriere la chaise pour ne se point fatiguer, & peut-être que s'il y eût eu place dans la Voiture, qu'elle se fût incommodée pour l'y placer. Amour, Amour, il n'y a point d'âge ni d'état à l'abri de tes traits !

Pendant que Bretigny fut payer la dépense, Melicourt profita de ce tems pour me parler ; il me dit cent choses plus flatteuses les unes que les autres. Que je suis sensible, interrompis-je, aux marques que vous me donnez de votre amitié, & que j'ai souffert de vous voir à pied pendant que j'étois à mon aise ; mais, cher Berger, à quoi serviront tant de peines ? il faudra nous quitter, ne vaudroit-il pas mieux que ce fût dès ce moment ? Ah ! belle Minette, que me dites-vous, interrompit tristement Melicourt ? vous voulez donc que je meure : sçavez-vous bien que ma vie est attachée au bonheur de vous voir, & que rien au monde n'est comparable pour moi à cette félicité. Que je vous quitte ! que je vous laisse ! ô Dieu, que ce conseil est indifferent ! que dois-je penser ? vous ne m'aimez plus ! En proferant ces mots, les larmes lui vinrent aux yeux. Toute attendrie que j'en fus, la raison vint cependant à mon secours : cachez vos pleurs, lui dis-je, en retenant les miens ; je vous aime, helas ! il n'est que trop vrai ; mais si je vous suis chere, & que vous ne vouliez pas me quitter, que Mademoiselle Bretigny qui va rentrer ne s'apperçoive de rien, nous serions perdus, elle soupçonneroit quelque chose, continuez à lui plaire ; elle peut tout, elle paroît prévenuë en votre faveur, & si je ne me trompe, vous ne lui êtes pas indifferent, cela ne sera pas nuisible au desir que vous avez de me voir ; je vous assure, mon cher Berger, continuai-je en lui tendant la main, que cette idée ne m'est point désagréable. Comme il alloit me répondre, la femme de chambre arriva en me disant qu'il falloit partir: elle avoit eu soin de prévenir le Postillon pour que le Pelerin fût commodément derriere la chaise; nous descendîmes, chacun prit sa place, & nous arrivâmes de cette façon.

Le Château dans lequel nous entrâmes ne parut pas le même que celui que j'avois quitté; celui-ci étoit bien plus vaste & bien mieux meublé, au lieu que l'autre, appartenant aussi à mon pere, n'avoit jamais été habité que depuis qu'il avoit été obligé de se cacher. Je fus reçuë de ma mere avec beaucoup de tendresse, & selon les leçons de Bretigny, je la traitai de tante; ce qui me coutoit, sçachant combien ce nom differoit de la verité.

Melicourt ne fut pas oublié:

Bretigny avoit eu une conversation avec lui en descendant de la chaise, & ayant appris qu'il étoit en état de pouvoir servir d'homme d'affaires, elle lui promit, qu'elle lui menageroit cette place dans la maison, qu'en attendant il falloit qu'il eût la docilité de travailler sous celui qui existoit actuellement, ce qui ne dureroit pas long-tems, cet homme étant extrêmement vieux & incommodé. Melicourt reçut avec joye ces marques certaines de l'heureuse prévention de la Femme de chambre. La part qu'elle a à mon histoire est trop interessante, pour negliger de vous en faire le portrait.

Elle avoit quarante-cinq ans, & conservoit encore assez de fraicheur : je ne sçai si elle avoit été jolie dans sa jeunesse, mais ce qui en restoit ne lui étoit pas favorable : son teint étoit d'un bis jaunâtre, ſes yeux bleus, ronds & tachés dans quelques endroits; ſes ſoucis ſemés clairement ne ſe diſtinguoient qu'avec peine, & ils s'éloignoient avec une telle antipathie de ſes yeux, qu'en tout tems elle avoit la phyſionomie étonnée; ſa bouche étoit aſſez jolie, ſans un poreau placé au milieu de la levre ſuperieure: l'on ne pouvoit pas dire qu'un poil cotonneux veloutoit ſon menton, mais une barbe très-formée dont elle n'avoit jamais pû ſe défaire; ſon menton étoit pointu, & ſe preſentoit naturellement pour être pris; le reſte étoit aſſez naturel, & comme bien d'autres, avoit les joües plattes & relevées du côté des yeux par deux os orgueilleux: le ſon de ſa voix étoit d'une perſonne enrhumée, dont les dernietes ſyllabes ſe terminoient ordinairement en fauſſet; ſon front étoit ſi petit que ſa ſa coëffure toujours galamment godronnée, aboutiſſoit ſur ſes ſoucis; elle auroit été aſſez bien faite, ſans qu'elle étoit plus groſſe par les reins que par les épaules, ce qui faiſoit préciſément une taille renverſée.

Pour ſon caractere, il étoit bon, & ſon cœur dès ſa premiere jeuneſſe s'étoit montré toujours fort tendre, mais l'injuſtice de pluſieurs Amans l'avoit dégoûtée du mariage. La jeuneſſe, ou pour mieux dire, l'air prévenant de Melicourt, fit ceſſer ces dégoûts, & ranima les ſentimens éteints. Elle prit d'un côté flatteur les politeſſes qu'on lui faiſoit; & ſon cœur allant auſſi vîte qu'elle avoit été de tems à ſe déterminer, elle prit la reſolution, ſe trouvant riche, de faire la fortune de Melicourt, & les choſes furent menagées de façon que ſans un évenement imprévû, cette reſolution auroit été la cause de l'égarement le plus extraordinaire. Pendant que ceci se passoit, on me donnoit tous les jours des leçons de la maniere dont je devois me conduire. Trois semaines s'étoient déja écoulées depuis mon arrivée au Château. J'étois à la veille d'entrer dans le Couvent, & Melicourt & moi plaignions souvent le sort rigoureux qui nous alloit separer. L'amour qui prenoit de plus en plus empire dans nos cœurs, nous avoit si fort ouvert l'esprit, que nous nous gouvernions avec une telle prudence, que personne de la maison ne nous soupçonnoit; mais à quoi servoient toutes ces précautions? nous allions être séparés. Cependant l'inclination de Bretigny pour Melicourt fit imaginer à mon Amant le moyen le plus fou auquel on puisse recourir pour assurer son bonheur.

Chere Minette, me dit-il un jour dans un jardin où nous nous donnions quelquefois rendez-vous, je vous adore, vous n'en pouvez pas douter; si l'on cache votre naissance, elle n'en est pas moins positive; vous ne m'avez pas crû capable de vous en imposer sur la mienne; ainsi les choses sont assez égales, & ne pourroient faire obstacle à notre union; cependant l'on vous sacrifie, & vous ne sçavez que trop que l'on a dessein de vous obliger à contracter des Vœux; sentez combien vous seriez malheureuse si cela arrivoit, comme cela est infaillible, vous gemiriez toute la vie: il faut de la resolution, le tems presse, profitons de l'intervale que nous avons pour assurer notre bonheur; qu'en peut-il arriver, quand même nous serions découverts? Eh mon Dieu, repris-je étonnée de ce discours, que voulez-vous dire ? Gardons-nous bien qu'on ſoupçonne notre intelligence, vous me perdriez, je vous ai dit les raiſons qui obligeoient.... Je le ſçai, reprit impatiemment Melicourt ; mais ſi vous entrez une fois dans le Couvent, je ne vous verrai plus, on vous obligera de vous faire Religieuſe, & voilà qui eſt fini pour jamais. Helas ! comment l'empêcher, interrompis-je ? Oſez ce que je prétens faire, continua Melicourt ; Bretigny même me preſſe depuis quinze jours de l'épouſer, j'y ai repugné dans les commencemens, mais j'ai penſé depuis qu'il falloit profiter de cet évenement pour nous unir. Comment, ingrat, m'écriai-je, l'entendant mal, vous pourriez oublier vos ſermens, ce que vous êtes, & me trahir à ce point ! Eh pourquoi donc ce reproche, interrompit mon Amant, eſt-ce vous oublier que de chercher les moyens de s'unir à vous pour jamais? Adieu, l'on vient, continua-t-il, je vous rendrai compte à la premiere occasion de mon projet, & si vous m'aimez aussi tendrement que vous m'avez permis de m'en flatter, nous surmonterons aisément tous les obstacles.

Nous fûmes obligez de nous quitter, il se jetta dans une allée de Charmes, & voyant arriver ma mere, je fus au devant d'elle: quoiqu'elle fût en garde contre la tendresse qu'elle avoit pour moi, elle m'en donnoit sous le nom de niéce des marques continuelles.

Cependant mon pere revint de la Cour: son arrivée décida de mon sort; on m'annonça que dans huit jours j'entrerois dans un Couvent. Quoique je dusse m'y attendre, je ressentis ce coup comme s'il avoit été imprévû ; mon aversion pour le Cloître se manifesta dès lors dans mon cœur. Il y avoit trois jours que je n'avois vû Melicourt, & il me sembloit que j'avois mille choses à lui dire. Je fus dans le jardin promener mes ennuis, & la douleur étoit peinte sur mon visage.

J'étois prête à rentrer dans la maison lorsque je vis arriver Melicourt de loin en chantant ; je lui en sçus le plus mauvais gré du monde. Vous êtes bien-heureux, lui dis-je lorsqu'il fut près de moi, de vous réjouir pendant que je pleure ; c'est sans doute une obligation que vous voulez que je vous aye, afin que je quitte le monde avec moins de regret. Ah ! belle Minette, interrompit-il, en prenant un air affligé, que ce reproche est cruel, & que vous me connoissez peu !

Si j'ai paru ſatisfait, c'eſt qu'il ne tient qu'à vous enfin que nous ne ſoyons unis de liens indiſſolubles; le jour eſt pris, le Prêtre eſt prêt; Bretigny, cette fille d'ailleurs ſi ſage, l'a gagné, c'eſt ſon Couſin, Precepteur à deux lieuës d'ici; cet homme lui doit tout: elle lui a fait entendre tout ce qu'elle a voulu, & il ſe prête à ſes volontés; elle veut que ſon mariage ſe faſſe de nuit, & elle veut le celer juſqu'à ce qu'elle ſe ſoit retirée d'ici: j'ai feint de me prêter à toutes ſes volontés dans l'intention de profiter de cette occaſion pour nous engager plus que jamais. Le Précepteur doit venir cette nuit, il me connoît, je l'ai vû pluſieurs fois ſur cette affaire: la nuit les objets ſont difficiles à diſtinguer: au lieu de faire la cérémonie à deux heures, comme l'on en eſt convenu, j'avancerai le tems, & vous &

moi nous nous trouverons à minuit dans la Chapelle ; le peu de lumiere & la coëffe dont vous vous couvrirez le visage favoriseront la chose: enfin quand nous serons unis, l'avenir fera le reste.

Je ne pûs m'empêcher de rire de cette plaisante imagination; les reflexions sérieuses & pressantes firent bien-tôt cesser ce mouvement. L'artifice est possible, reprisje, mais à quoi serviroit-il, quand même il réussiroit ? Quelque peu d'usage que j'aye du monde, je démêle aisément qu'un tel mariage n'est pas dans les regles ; mais quand cela seroit, dès qu'il faudroit le cacher, en irai-je moins au Couvent ? Depuis que mon Pere est arrivé, mon départ est fixé, rien au monde ne le fera changer ; que sçaije si l'on n'a pas de nouvelles raisons pour m'enterrer toute vive dans le Cloître. Et c'est à cause de cela, reprit Melicourt, qu'il ne faut pas échaper cette occasion. Nous fuirons, ensuite nous avons tout pour nous. Sentez-vous bien toute la dureté qu'on a à votre égard, continua Melicourt pour m'ébranler me voyant incertaine, le honteux sacrifice que l'on veut faire de votre liberté, des droits de votre naissance, & du bien dont on veut vous frustrer sous des pretextes frivoles? tout cela n'a-t-il pas lieu de vous émouvoir? Ah! chere Minette, je ne suis qu'un jeune homme, mais j'ai de l'horreur d'un pareil procedé; je sçai l'obéissance & le respect qu'on doit à ses parens, mais il n'est pas défendu dans un cas semblable de chercher les moyens de les faire ressouvenir qu'ils nous ont donné le jour; mais laissons cette matiere. Je conviens assez que nous nous écartons l'un &

l'autre : mais enfin, si vous entrés une fois dans le Cloître, qui vous en tirera ?... Mais par quel endroit, interrompis-je, ce mariage secret l'empêchera-t-il ? car pour fuïr, c'est à quoi je ne puis me resoudre : si vous déclarés cet hymen, je suis perduë, si vous le taisés, je reste toujours dans le même cas ? Mais vous, comment vous tireriez-vous des mains de Mademoiselle Bretigny ? il faudra donc encore que vous l'épousiez ? Je ne pûs m'empêcher de rire à ces dernieres paroles. Mon Amant en fit autant malgré son air affairé. La jeunesse ne perd rien de ses droits. Mon Dieu, ma chere Minette, dit-il en reprenant son sérieux, que vous êtes prudente ! Vous m'accablez d'obstacles que je n'ai pas prévû ; c'est cependant à quoi il faut songer, repris-je : en attendant, tout ce que je puis vous dire, c'eſt que je me porterai plutôt à toutes les extrêmitez, que de me faire Religieuſe: tenez, j'y ai une repugnance invincible, & je parirois toute choſe au monde que c'eſt vous qui en êtes la cauſe. O bien, continua Melicourt, je m'en tiens donc à mon premier projet, j'y ajouterai quelque changement; mais tenez-vous toujours prête, je vous irai prendre lorſqu'il en ſera tems. Mon Amant me quitta en prononçant ces mots, & je retournai à l'appartement de ma mere avec une agitation ſurprenante. Je me gouvernai cependant de maniere qu'elle ne s'en apperçut pas: je voulus me mettre à l'ouvrage, mais elle m'appella. Ma niéce, me dit-elle, approchez du feu, je veux vous parler; je le fis, ne m'attendant point à ce qu'elle avoit à me dire; entretien qui anéantit dans mon eſprit toutes les oppoſitions qu'une éducation groſſiere formoit contre les projets de la nuit, & pour leſquels je me ſentois une repugnance invincible.

Vous ſçavez, Minette, me dit ma mere, qui vous êtes. Dès que je vous ai vûë votre ſort m'a fait pitié, & c'eſt cette raiſon qui vous a fait preferer ; vous gardiez des moutons, étiez expoſée au froid, au chaud & à tous les mauvais tems ; n'avez-vous pas cent fois deſiré qu'une telle vie ceſſât, avoüez-le moi, que faisje ? je vous prends chez moi pour vous y donner de la conſideration ; je vous ſuppoſe ma niéce : vous paroiſſez meriter mes bontés ; il faut achever de vous rendre heureuſe. Je vous mets dans un Couvent, priés le Seigneur qu'il vous y garde, le monde n'eſt rempli que de peines ; ceux qui ſont nés pour y être les plus heureux gemiſſent de ſes amertumes ; chaque pas qu'on y fait eſt accompagné de chagrins ; ſi vous aviez plus d'experience, je vous en ferois connoître cent exemples ſous vos yeux. Les mariages des gens de votre ſorte ſont épineux, ſans parler du riſque que l'on court de tomber en de mauvaiſes mains, outre les dangers & les maux qui l'accompagnent, dont le détail fait fremir. Enviſagés donc le Cloître où vous allez comme le port aſſuré contre toutes les tempêtes de la vie ; là on y eſt tranquille à l'abri des écueils. Si la grille a un aſpect effrayant, l'habitude la rend paiſible & riante: dans la retraite on jouit veritablement de ſoi-même: l'abandon des plaiſirs ſe fait difficilement, lorſqu'on s'y eſt livrée de bonne heure; (vous n'êtes pas heureuſement dans ce cas) mais un peu de tems, de raiſon captivent les dégoûts de ces enfans du monde. Les occaſions qui nous ſont ôtées les font diſparoître : vous ne reſſemblerez pas à ces Religieuſes entachées du monde, qui non ſeulement en portent le ſouvenir dans leur cœur, mais encore vont comme par une fenêtre le regarder au Parloir, dont elles ne reſſortent qu'avec des regrets perpetuels d'avoir embraſſé leur état. Pour vous, chere Minette, vous ne ſerez pas dans ce cas, la ſimplicité de votre cœur vous y fera trouver mille douceurs : occupée ſeulement de votre ſalut, d'une vie tranquille & de mille amuſemens innocens, vous y paſſerez des jours ſerains & filés par la paix; j'irai quelquefois partager & envier votre bonheur.

Ces derniers mots attendrirent ma mere, ſes yeux ſe mouillerent; elle voulut me dérober ſes pleurs en se détournant & se couvrant le visage ; mais j'étois émuë depuis trop long tems, pour que la nature n'usât pas entierement de ses droits. Ah ! ma chere mere, m'écriai-je en sanglottant & en me jettant à ses pieds, que vous a fait votre fille pour la sacrifier ? Elle m'embrassa ; ces mots m'échapperent, & la passion fut plus forte, que la loi que je m'étois faite de ne jamais parler de mon secret.

Cependant ma mere n'entendit qu'à demi toute la valeur de ces paroles. Le moment étoit favorable, helas ! que n'en profitai-je ? Toute occupée de mon ignorance à ce sujet, & soutenuë par les raisons qui ont été dites, elle se remit. Vous avez raison, continua-t-elle, ma chere Minette, de m'appeller une mere, oui, vous avez raison, je vous le repete, vous connoîtrez un jour par tout le bien que vous ſentirez lorſque vous ſerez Religieuſe, que je la ſuis veritablement. Ce mot de Religieuſe me perça le cœur, & cette dureté envers moi ſuſpendit les ſentimens que j'avois pour ma mere; je ne ſongeai plus qu'à me dérober à l'état qu'on me preparoit. La politique prit la place de la tendreſſe filiale, je me contraignis, & je ſoutins la converſation avec une telle ſérenité qu'il étoit impoſſible de démêler ſur mon viſage ce qui ſe paſſoit dans mon ame.

Du monde étant ſurvenu pour affaires, je profitai de cette occaſion pour tâcher de joindre Melicourt. J'allois, je venois, ma recherche étoit vaine. Je fus dans le jardin, dans la baſſe-cour, je le demandai par tout, perſonne ne l'avoit vû : le cœur me battoit, il m'annonçoit quelque choſe.

chose. Fatal pressentiment ! Je sortis du Château , j'entrai dans une allée qui conduisoit au Village ; il me sembloit qu'au bout de ce chemin je devois trouver mon Amant. Helas ! portons-nous donc dans notre cœur les vestiges de l'avenir ? Ah ! Mademoiselle, que vois-je, (pardonnez à mes pleurs) une chaise & quatre hommes enlevent Melicourt, il m'apperçoit, il crie, il se debat ; vains efforts, il est déja bien loin.

Ce spectacle m'avoit fait tressaillir & renduë immobile : tant que la chaise attacha mes regards je restai dans cet état, mais dès qu'elle disparut je me mis à crier de toutes mes forces ; heureusement j'étois seule, personne n'entendit mes clameurs. Je revins comme une folle au Château, on y alloit souper, la cloche étoit sonnée, on m'y cherchoit. La premiere perſonne que je rencontrai fut Bretigny ; elle avoit un air de gayeté ſur le viſage qui s'évanouit bien-tôt, lorſqu'elle ſçut ce qui venoit de ſe paſſer. Mon Dieu, s'écria-t-elle d'un air furieux, que m'apprenez-vous ? Je ſuis au deſeſpoir ! Je vous en dirai la raiſon une autre fois; allez vous mettre à table, je vais courir au Village ſçavoir de quoi il s'agit; mais non, vous êtes toute en larmes; la pauvre enfant ! le bon cœur! Venez plutôt avec moi, on voudroit apprendre ce que vous avez : elle prononça ces derniers mots en courant; nous arrivâmes au Cabaret où s'étoit paſſée la ſcene. Le reſpect que l'on avoit pour Bretigny, que l'on regardoit comme la maîtreſſe, fit qu'on répondit ſur le champ à ſes queſtions, & on nous apprit ces choſes.

Il y a quatre jours, nous dit

l'Hôte, qu'un Monſieur eſt deſcendu ici ſur le ſoir accompagné de trois hommes; il s'eſt d'abord donné pour un Officier qui faiſoit recruë; ſes premieres queſtions ont été, qui étoit le Seigneur du Village, & comment on vivoit au Château. Vous ſçavez, Mademoiſelle, continua le Cabaretier, que dans la place où je ſuis on doit contenter ſon monde, je l'ai ſatisfait. L'Officier n'épargnoit rien pour ſa dépenſe & celle de ſes gens; mais ce qui m'a ſurpris, c'eſt qu'il mangeoit avec eux, & qu'au lieu d'aller & de venir comme ceux qui engagent, qui ſont à l'affut des jeunes gens, il gardoit la maiſon. Un ſeul de ſes Camarades ſortoit de tems en tems, & dès qu'il étoit rentré lui parloit en ſecret. Ce manege a duré juſqu'aujourd'hui ſans que je m'en embaraſſaſſe à cauſe qu'il me payoit bien.

Il y a environ une heure, Mademoiselle, que cet Officier prétendu, qui se chauffoit à la cuisine, a dit tout haut à l'un de ses gens; allez avertir ce jeune homme que vous voyez sortir de cette maison, qu'on voudroit bien lui dire ici un mot. M. Brunet (c'est ainsi que Melicourt étoit nommé au Château) est arrivé dans l'instant; le pauvre garçon ne s'attendant pas à ce qu'on lui preparoit, avant qu'il entrât dans ce Cabaret. L'Officier s'est approché de mon oreille: vous allez voir du carillon, mon Hôte, m'a-t-il dit; devineriez-vous bien qui est le jeune homme que je fais appeller? Non vraiment, repris-je étonné, je le connois, il fait les affaires de notre Seigneur, & tout le monde en est bien content. Est-ce qu'il auroit quelques mauvaises affaires sur son compte? chacun l'aime. Je le crois bien, repliqua l'Officier prétendu, & c'est aussi à cause qu'il est aimé ailleurs que nous allons l'enlever. Je vous préviens afin que vous soyez tranquille, s'il s'avisoit de faire de la resistance ; c'est le fils de M. De... Conseiller au Parlement de M... C'est un libertin, il s'est en allé sans dire mot, & depuis qu'il est parti nous sommes à sa quête. Sans M. de R... Seigneur de Bisé, qui a reconnu ce jeune homme, qui portoit une lettre à un Precepteur, & qui l'a vû souvent chez son pere, nous ne sçaurions encore où il est.

Le Valet de Chambre, car c'en étoit un, prononçoit à peine ces mots, que le jeune homme est entré : il a reconnu sur le champ le Domestique de son pere ; à cet aspect il est devenu pâle comme la mort. Allons,

Monſieur, lui a dit le Valet de Chambre, courage, il n'y a point de mal, ſoyez le bien retrouvé, il faut nous ſuivre, Monſieur votre pere attend après vous. Pendant ce diſcours le pauvre enfant a voulu s'échaper, & ſe voyant la main ſur le collet s'eſt débattu comme un petit demon, mais le nombre l'a accablé, & malgré ſes efforts on l'a jetté dans une chaiſe, prête pour cet effet; ils viennent de partir il y a un inſtant.

Bretigny fut ſi étourdie de cette nouvelle, qu'elle ſortit ſans répondre un ſeul mot. Dès que nous fûmes ſeules, elle me ſerra les mains,& ſe mit à pleurer amerement. Je fis *chorus* de tout mon cœur; cette pauvre fille m'embraſſa avec affection, s'imaginant que mes larmes étoient l'effet de ma pitié. Elle me fit en chemin ma leçon ſur la façon dont je devois parler en arrivant au Château, afin que lorſqu'on ſçauroit cette avanture, qu'il ne parût pas que nous y entraſſions en rien.

Trois jours après ce cruel évenement, paſſés, comme vous le croyez bien, dans les larmes, ma mere me conduiſit ici : j'y fus reçuë avec beaucoup de tendreſſe & d'amitié. Aucune ſoupleſſe ne fut oubliée pour m'engager à prendre le voile. L'air triſte qui ne m'abandonnoit pas, & dont on ne pénétroit pas la raiſon, fit ſans doute penſer que je n'avois pas de goût pour le Cloître, ce qui étoit trop contraire aux interêts de la Maiſon, par la dote qu'on eſperoit de moi, pour qu'on ne fît pas tous ſes efforts pour me faire changer. La liberté eſt un grand appas, on me la laiſſa toute entiere; comme je n'étois ſoupçonnée d'aucune intrigue, j'allois au Parloir quand je voulois ; jamais on ne me ſuivoit, ni l'on ne m'écoutoit. Bretigny venoit ſouvent pleurer avec moi ; elle devoit aller à M... à ce qu'elle me dit, pour s'informer de ce qu'étoit devenu ſon cher Pelerin. Helas ! elle ne ſçavoit pas avec quelle impatience j'aſpirois à ſçavoir de ſes cheres nouvelles.

Un jour que je me promenois ſeule dans le jardin, avec un livre, ce precieux livre dont j'ai parlé au commencement de cette hiſtoire, & qui m'étoit cher parce qu'il venoit de mon Amant, une Touriere vint m'avertir qu'il y avoit un Officier qui ſe diſoit mon parent qui m'attendoit au Parloir : je treſſaillis à cette nouvelle ; je ne connoiſſois point d'homme, qui pouvoit-ce être, que quelqu'un qui m'apportât des nouvelles de mon Amant? Je volai

lai au Parloir; à peine entrois-je, que le son d'une voix connue & chere, passa dans mon cœur avec autant de rapidité que l'éclair. C'est donc vous, lui dis-je, c'est vous?.... Je n'eus pas la force d'en dire davantage. Je m'approche de la grille, je lui passe ma main, il la prend, il la mouille de ses larmes, il me fait mal, il est à genoux, il pleure, il parle, & je ne sens ni ne vois rien de tout cela.

La Religieuse en étoit là de son histoire, lorsqu'on vint l'interrompre, en nous avertissant qu'on étoit au Refectoire; nous nous levâmes & nous convînmes qu'après le dîné nous reviendrions dans ma chambre.

Je ne ferai point la description de l'air modeste & tranquille avec lequel trente Religieuses faisoient devotement ce repas. J'étois occupée de soins plus interessans, & si j'avois été obligée de rendre compte d'une lecture pieuse qui se faisoit, j'aurois été bien embarassée. Madame la Supericure sonna une cloche qui étoit au-dessus d'elle: tout le monde se leva, les Graces se dirent, & Sainte-Agnés & moi nous retournâmes dans ma chambre, où elle continua l'histoire que l'on verra dans la quatriéme Partie.

Fin de la troisiéme Partie.

La quatriéme Partie à la fin du mois.

APPROBATION.

J'Ai lû par ordre de Monseigneur le Garde des Sceaux, la troisiéme Partie *de la Paysanne Parvenue.* A Paris ce 14 Decembre 1735. DUVAL.

PRIVILEGE DU ROY.

LOUIS, par la grace de Dieu, Roi de France & de Navarre. A nos amez & féaux Conseillers, les Gens tenans nos Cours de Parlement, Maîtres des Requêtes ordinaires de notre Hôtel, Grand Conseil, Prevôt de Paris, Baillifs, Sénéchaux, leurs Lieutenans Civils, & autres nos Justiciers qu'il appartiendra, SALUT. Notre bien amé LAURENT-FRANÇOIS PRAULT, fils, Libraire à Paris, Nous ayant fait remontrer qu'il souhaiteroit faire imprimer & donner au Public *la Tragédie d'Abenzaid Empereur des Mogols, par le sieur Abbé le Blanc; la Paysanne Parvenue, ou les Memoires de Madame la Marquise de L. V. par M. le Chevalier de Mouhy,* s'il Nous plaisoit lui accorder nos Lettres de Privilege sur ce necessaires; offrant pour cet effet de les faire imprimer en bon Papier & beaux Caracteres, suivant la feuille imprimée & attachée pour modele sous le contre-scel des Presentes. A ces causes, voulant traiter favorablement ledit Exposant, Nous lui avons permis & permettons par ces Presentes, de faire imprimer lesdits Livres ci-dessus spécifiez, en un ou plusieurs Volumes, conjointement ou separément, & autant de fois que bon lui ſemblera, ſur papier & caractere conformes à ladite feuille imprimée & attachée ſous notredit contreſcel, & de les vendre, faire vendre & débiter par tout notre Royaume, pendant le tems de ſix années conſécutives, à compter du jour de la date deſdites Préſentes. Faiſons défenſes à toutes ſortes de perſonnes de quelque qualité & condition qu'elles ſoient d'en introduire d'impreſſion étrangere dans aucun lieu de notre obéiſſance; comme auſſi à tous Libraires, Imprimeurs & autres d'imprimer, faire imprimer, vendre, faire vendre, débiter ni contrefaire aucuns deſdits Livres ci-deſſus expoſez, en tout ni en partie, ni d'en faire aucuns extraits ſous quelque prétexte que ce ſoit, d'augmentation, correction, changement de titre ou autrement, ſans la permiſſion expreſſe & par écrit dudit Expoſant ou de ceux qui auront droit de lui, à peine de confiſcation des Exemplaires contrefaits, de trois mille livres d'amende contre chacun des contrevenans, dont un tiers à Nous, un tiers à l'Hôtel-Dieu de Paris, l'autre tiers audit Expoſant, & de tous dépens, dommages & interêts; à la charge que ces Préſentes ſeront enregiſtrées tout au long ſur le Regiſtre de la Communauté des Libraires & Imprimeurs de Paris, dans trois mois de la date d'icelles; Que l'impreſſion de ces Livres ſera faite dans notre Royaume & non ailleurs, & que l'Impétrant ſe conformera en tout aux Reglemens de la Librairie, & notamment à celui du 10 Avril 1725. & qu'avant que de les expoſer en vente, les Manuſcrits ou imprimés qui auront ſervi de copie à l'impreſſion deſdits Livres, ſeront remis dans le même état où les Approbations y auront été données, ès mains de notre très-cher & féal Chevalier Garde des Sceaux de France, le sieur Chauvelin; & qu'il en sera ensuite remis deux exemplaires de chacun dans notre Bibliotheque publique, un dans celle de notre Château du Louvre, & un dans celle de notredit très cher & féal Chevalier, Garde des Sceaux de France, le sieur Chauvelin; le tout à peine de nullité des Presentes. Du contenu desquelles vous mandons & enjoignons de faire jouir l'Exposant ou ses ayans cause, pleinement & paisiblement, sans souffrir qu'il leur soit fait aucun trouble ou empechement. Voulons que la copie desdites Presentes, qui sera imprimée tout au long au commencement ou à la fin desdits Livres, soit tenue pour dûement signifiée, & qu'aux copies collationnées par l'un de nos amez & feaux Conseillers & Secretaires, foi soit comme à l'original. Commandons au premier notre Huissier ou Sergent de faire pour l'exécution d'icelles tous Actes requis & nécessaires, sans demander autre permission, & nonobstant clameur de Haro, Charte Normande & Lettres à ce contraires: Car tel est notre plaisir. Donné à Versailles le vingt-neuviéme jour du mois de Juin, l'an de grace mil sept cens trente-cinq, & de notre Regne le vingtiéme. Par le Roi en son Conseil.

SAINSON.

Registré sur le Registre IX. de la Chambre Royale des Libraires & Imprimeurs de Paris, N. 120. fol. 119. conformément aux anciens Reglemens, confirmez par celui du 28 Février 1723. A Paris le 30 Juin 1735. Signé, G. MARTIN, Syndic.

ROMANS NOUVEAUX, & Pieces de Theâtres qui se vendent à Paris, chez PRAULT, *fils.*

LE Paysan Parvenu, 5 Parties, par M. de Marivaux. La sixiéme est *sous Presse.*

La Vie de Marianne, ou les Avantures de Madame la Comtesse de*** par le même, 3 Parties.

Les Egaremens du Cœur & de l'Esprit, ou les Memoires de M. de Meïlcourt, *in*-12. par M. Crebillon fils.

Le Silphe, ou le Songe de Madame de R. par le même.

La Paysanne Parvenue, 3 Parties, la quatriéme est *sous presse.*

Memoires du Marquis de Fieux, *in*-12.

Memoires & Avantures de M. de *** traduits de l'Italien par lui-même, 3 Parties.

Amusemens Historiques par M. l'Abbé des Fontaines, 2 vol. *in*-12.

Lettre d'un jeune Officier de l'Armée du Rhin, à M. de V*** *in*-12.

Marie Stuard, Reine d'Ecosse, Tragedie.

Abenzaïd, Empereur des Mogols, Tragedie, par M. l'Abbé le Blanc.

La Mere Confidente, Comedie en trois Actes, par M. de Marivaux.

Le Retour de Mars, Comédie en un Acte en Vers, par M. de la Nouë.

Les Ennuis du Carnaval, Comedie en un Acte en Vers, par Mrs Lelio & Romagnesi.

Achille & Dudamie, Parodie en vers, par les mêmes.

Le Déguisement, Comedie en un Acte en Vers, par M. de la Grange.

www.ingramcontent.com/pod-product-compliance
Ingram Content Group UK Ltd.
Pitfield, Milton Keynes, MK11 3LW, UK
UKHW021308190726
13839UKWH00007B/536

9 782329 564166